# Le Petit Poucet
## et trois autres contes

Première de couverture : © Leemage.
Deuxième de couverture : [h] Bridgeman © ADAGP, Paris, 2009; [b] © Galettes de Pleyben/Collection Kharbine-Tapabor.
Troisième de couverture : © AKG-Images.
Page 109 : © Rue des Archives/Tal.



ISBN 978-2-7011-4980-6
ISSN 1958-0541

CLASSICOCOLLÈGE

# Le Petit Poucet
## et trois autres contes

CHARLES PERRAULT

Dossier par Charlotte de Bailliencourt
*Agrégée de lettres modernes*

BELIN ■ GALLIMARD

# Sommaire

# Introduction

Dès leur parution, en 1697, les *Histoires ou Contes du temps passé* de Charles Perrault connaissent un vif succès auprès du public. Dans les salons mondains, on raffole de ces incroyables histoires qui plongent le lecteur dans un monde où les animaux parlent et où les princesses dorment pendant cent ans.

En 1695, Perrault a déjà composé cinq contes en prose, les *Contes de ma Mère l'Oye* : « La Belle au bois dormant », « Le Petit Chaperon rouge », « Le Chat botté », « La Barbe bleue », « Les Fées ». Dans le recueil de 1697, Perrault ajoute trois récits (« Cendrillon ou la Petite Pantoufle de verre », « Riquet à la houppe », « Le Petit Poucet ») et remanie légèrement ses cinq premiers textes. Autre différence essentielle : il place à la fin de chaque conte une moralité en vers, offrant au lecteur un enseignement pratique. Perrault inscrit ainsi le plaisir de la lecture dans une perspective éducative.

Réunissant quatre contes, ce volume propose un tableau représentatif de l'univers littéraire créé par Perrault. Découvrez ce monde fabuleux à travers les aventures mouvementées d'une fillette insouciante, d'une belle princesse, d'un petit garçon malin et d'un chat botté malicieux. Quatre histoires merveilleuses et drôles, réalistes et cruelles.

# Le Petit Chaperon rouge

Il était une fois une petite fille de Village, la plus jolie qu'on eût su voir; sa mère en était folle, et sa mère-grand plus folle encore. Cette bonne femme lui fit faire un petit chaperon[1] rouge, qui lui seyait si bien[2], que partout on l'appelait le Petit chaperon rouge.

Un jour sa mère, ayant cuit et fait des galettes, lui dit :

« Va voir comme se porte ta mère-grand, car on m'a dit qu'elle était malade, porte-lui une galette et ce petit pot de beurre. »

Le petit chaperon rouge partit aussitôt pour aller chez sa mère-grand, qui demeurait dans un autre Village.

En passant dans un bois elle rencontra compère le Loup, qui eut bien envie de la manger; mais il n'osa, à cause de quelques Bûcherons qui étaient dans la Forêt. Il lui demanda où elle allait; la pauvre enfant, qui ne savait pas qu'il est dangereux de s'arrêter à écouter un Loup, lui dit :

« Je vais voir ma Mère-grand, et lui porter une galette avec un petit pot de beurre que ma Mère lui envoie.

– Demeure-t-elle bien loin? lui dit le Loup.

---

1. **Chaperon** : bande de tissu que les femmes attachaient autour de leur tête.
2. **Qui lui seyait si bien** : qui lui allait si bien.

– Oh ! oui, dit le petit chaperon rouge, c'est par-delà le moulin que vous voyez tout là-bas, là-bas, à la première maison du Village.

– Hé bien, dit le Loup, je veux l'aller voir aussi ; je m'y en vais par ce chemin ici, et toi par ce chemin-là, et nous verrons qui plus tôt y sera. »

Le Loup se mit à courir de toute sa force par le chemin qui était le plus court, et la petite fille s'en alla par le chemin le plus long, s'amusant à cueillir des noisettes, à courir après des papillons, et à faire des bouquets des petites fleurs qu'elle rencontrait.

Le Loup ne fut pas longtemps[1] à arriver à la maison de la Mère-grand, il heurte : Toc, toc.

« Qui est là ?

– C'est votre fille[2] le petit chaperon rouge (dit le Loup, en contrefaisant[3] sa voix) qui vous apporte une galette et un petit pot de beurre que ma Mère vous envoie. »

La bonne Mère-grand, qui était dans son lit à cause qu'elle se trouvait un peu mal, lui cria :

« Tire la chevillette, la bobinette cherra[4]. »

Le Loup tira la chevillette, et la porte s'ouvrit. Il se jeta sur la bonne femme, et la dévora en moins de rien ; car il y avait plus de trois jours qu'il n'avait mangé.

Ensuite il ferma la porte, et s'alla coucher dans le lit de la Mère-grand, en attendant le petit chaperon rouge, qui quelque temps après vint heurter à la porte. Toc, toc.

« Qui est là ? »

---

1. **Ne fut pas longtemps** : ne mit pas beaucoup de temps.
2. **Fille** : petite-fille.
3. **Contrefaisant** : imitant.
4. Tire la clé, le loquet tombera.

Le petit chaperon rouge, qui entendit la grosse voix du Loup, eut peur d'abord, mais croyant que sa Mère-grand était enrhumée, répondit :

« C'est votre fille le petit chaperon rouge, qui vous apporte une galette et un petit pot de beurre que ma Mère vous envoie. »

Le Loup lui cria en adoucissant un peu sa voix :

« Tire la chevillette, la bobinette cherra. »

Le petit chaperon rouge tira la chevillette, et la porte s'ouvrit.

Le Loup, la voyant entrer, lui dit en se cachant dans le lit sous la couverture :

« Mets la galette et le petit pot de beurre sur la huche[1], et viens te coucher avec moi. »

Le petit chaperon rouge se déshabille, et va se mettre dans le lit, où elle fut bien étonnée de voir comment sa Mère-grand était faite en son déshabillé[2]. Elle lui dit :

« Ma mère-grand, que vous avez de grands bras !

– C'est pour mieux t'embrasser, ma fille.

– Ma mère-grand, que vous avez de grandes jambes !

– C'est pour mieux courir, mon enfant.

– Ma mère-grand, que vous avez de grandes oreilles !

– C'est pour mieux écouter, mon enfant.

– Ma mère-grand, que vous avez de grands yeux !

– C'est pour mieux voir, mon enfant.

– Ma mère-grand, que vous avez de grandes dents !

– C'est pour te manger. »

1. **Huche** : grand coffre de bois dans lequel on rangeait le pain.
2. **Déshabillé** : chemise de nuit.

Et en disant ces mots, ce méchant Loup se jeta sur le petit chaperon rouge, et la mangea.

## Moralité

*On voit ici que de jeunes enfants,*
*Surtout de jeunes filles*
*Belles, bien faites, et gentilles,*
*Font très mal d'écouter toute sorte de gens,*
*Et que ce n'est pas chose étrange,*
*S'il en est tant que le loup mange.*
*Je dis le loup, car tous les loups*
*Ne sont pas de la même sorte ;*
*Il en est d'une humeur accorte*[1]*,*
*Sans bruit, sans fiel*[2] *et sans courroux*[3]*,*
*Qui privés*[4]*, complaisants*[5] *et doux,*
*Suivent les jeunes Demoiselles*
*Jusque dans les maisons, jusque dans les ruelles*[6]*;*
*Mais hélas ! qui ne sait que ces Loups doucereux*[7]*,*
*De tous les Loups sont les plus dangereux.*

---

1. **Accorte** : aimable, agréable.
2. **Fiel** : méchanceté, aigreur.
3. **Courroux** : colère.
4. **Privés** : familiers.
5. **Complaisants** : flatteurs.
6. **Ruelles** : au XVII^e^ siècle, endroit de la chambre où les dames reçoivent les visiteurs.
7. **Doucereux** : qui font semblant d'être doux.

# Arrêt sur lecture 1

## Un quiz pour commencer

***Cochez les bonnes réponses.***

❶ *Pourquoi le petit Chaperon rouge rend-elle visite à sa grand-mère ?*

- ❒ Pour prendre de ses nouvelles.
- ❒ Pour lui demander du beurre.
- ❒ Pour fêter son anniversaire.

❷ *Quel lieu la fillette traverse-t-elle pour aller chez sa grand-mère ?*

- ❒ Un champ.
- ❒ Une forêt.
- ❒ Une colline.

❸ *Pourquoi le loup ne mange-t-il pas la fillette dès leur première rencontre ?*

- ❒ Parce qu'il veut d'abord jouer à cache-cache avec la fillette.
- ❒ Parce qu'il n'a pas faim.
- ❒ Parce qu'il n'ose pas manger la petite fille devant les bûcherons.

**4** ***Quel chemin choisit le petit Chaperon rouge pour se rendre chez sa grand-mère ?***

- ❒ Elle prend le chemin le plus long et s'amuse dans la forêt.
- ❒ Elle prend le chemin le plus court pour arriver plus vite.
- ❒ Elle prend un chemin détourné et se perd dans la forêt.

**5** ***Que dit la grand-mère quand le loup toque à sa porte ?***

- ❒ « Tire la bobinette, la chevillette cherra. »
- ❒ « Pousse la chevillette, la bobinette cherra. »
- ❒ « Tire la chevillette, la bobinette cherra. »

**6** ***Comment réagit la fillette quand elle entend une grosse voix à travers la porte de la maison de sa grand-mère ?***

- ❒ Elle reconnaît la voix du loup, mais décide d'entrer pour lui jouer un tour.
- ❒ Elle a d'abord peur, puis pense que c'est sa grand-mère qui est enrhumée.
- ❒ Elle s'enfuit.

**7** ***Qu'arrive-t-il au petit Chaperon rouge à la fin du conte ?***

- ❒ Elle parvient à s'échapper des griffes du loup.
- ❒ Le loup la mange.
- ❒ Le loup la fait cuire dans un chaudron.

**8** ***Quelle est la moralité de ce conte ?***

- ❒ Les jeunes filles doivent se méfier des séducteurs.
- ❒ Il faut obéir à ses parents.
- ❒ Il faut se méfier des grands-mères.

# Des questions pour aller plus loin

## Découvrir l'univers du conte

### Les aventures du petit Chaperon rouge

❶ Au début du conte, quelles sont les informations données par le narrateur sur l'héroïne ? Ces informations sont-elles nombreuses ?
❷ Décrivez l'itinéraire de la fillette avec précision (point de départ, étapes, point d'arrivée).
❸ D'après son comportement, quel est le caractère du petit Chaperon rouge ?
❹ Quels sont les défauts du petit Chaperon rouge ? En quoi la fin du conte constitue-t-elle une sorte de punition du personnage ?
❺ Quelle est la valeur du présent de l'indicatif dans les lignes 76 à 90, p. 14 ?
❻ En quoi l'histoire du petit Chaperon rouge peut-elle servir d'avertissement pour le lecteur ? Relisez la moralité du conte. À quelle catégorie de lecteurs l'auteur s'adresse-t-il en priorité ?

### Un monde d'une familière étrangeté

❼ Dans le premier paragraphe du « Petit Chaperon rouge », à quelle formule reconnaît-on d'emblée le genre du conte ? Cette formule nous permet-elle de situer l'époque de l'action ?
❽ En relevant des indications de lieu dans le texte, pouvez-vous déterminer le cadre géographique dans lequel se déroule l'histoire ?
❾ Certaines expressions du texte sont répétées plusieurs fois. Donnez deux exemples différents. Quel est l'effet produit par ces répétitions ?

❿ Qui sont les interlocuteurs du dialogue final ? Quels éléments vous permettent de repérer le passage du récit au dialogue (ponctuation, temps verbaux) ?
⓫ Quelle est la réaction du petit Chaperon rouge face au loup ? Justifiez votre réponse en vous appuyant sur le type de phrases utilisé par la fillette p. 13.
⓬ Relevez les différents éléments merveilleux présents dans le conte.

## Les tromperies du loup

⓭ Dans un dictionnaire, cherchez les différents sens du mot « compère » (p. 11, l. 12).
⓮ Pour quelle raison le loup mange-t-il la grand-mère et le petit Chaperon rouge ? Relevez une phrase du texte justifiant votre réponse.
⓯ D'après son comportement dans le conte, quels sont les principaux traits de caractère du loup ? En quoi peut-on dire qu'il a un caractère opposé à celui de l'héroïne ?
⓰ Quelles sont les différentes tromperies réalisées par le loup dans ce conte ?
⓱ Quelle est l'origine du mot « doucereux » (p. 14, l. 89) ? Donnez trois autres mots de la même famille.
⓲ Qui sont les « loups doucereux » évoqués par le narrateur dans la moralité (p. 14, l. 89) ? En quoi constituent-ils un danger ?
⓳ Quelle vision de la société humaine ce conte offre-t-il au lecteur ?

*Rappelez-vous !*
Le schéma narratif d'un conte se compose de 5 étapes :
– la situation initiale (situation des personnages au début du conte) ;
– l'élément perturbateur (un événement déclenche l'action) ;
– les péripéties (des aventures font progresser le récit) ;
– l'élément de résolution (un dernier événement permet à l'action de se dénouer) ;
– la situation finale (état nouveau dans lequel se trouvent les personnages à la fin du récit).

# De la lecture à l'écriture

## *Des mots pour mieux écrire*

❶ ***Complétez chacune des phrases suivantes avec les mots qui conviennent et accordez-les si nécessaire :*** puissant, long, monumental, colossal, énorme.

**a.** Lisa exerce le métier de mannequin : elle a de _________ jambes.
**b.** Hugo est un bon joueur de tennis : son service est très ________ .
**c.** Hercule est connu pour sa force _________ .
**d.** La tour Eiffel est une construction_________ .
**e.** Le corps de ce sumo est vraiment _________!

❷ ***Trouvez les verbes correspondant aux noms suivants :*** peur, terreur, horreur, effroi, angoisse, appréhension, panique.

## *À vous d'écrire*

❶ Vous êtes un des bûcherons de la forêt. Alerté(e) par les cris du petit Chaperon rouge, vous accourez dans la maison de la grand-mère et vous vous retrouvez face au loup. Racontez cette scène en insérant un portrait de l'animal.

***Consigne.*** Vous emploierez des adjectifs variés pour décrire précisément le loup (apparence physique, vêtements, voix). Vous indiquerez également les sentiments que vous avez éprouvés à sa vue en utilisant le champ lexical de la peur.

❷ Imaginez que le petit Chaperon rouge soit arrivé avant le loup chez sa grand-mère... Que se serait-il passé dans ce cas ? À vous de l'inventer.

***Consigne.*** Vous insérerez dans votre récit un dialogue entre le petit Chaperon rouge et sa grand-mère en veillant à respecter les règles de présentation du dialogue.

# Du texte à l'image

**➡ Illustration de Félix Lorioux pour « Le Petit Chaperon rouge », 1927 ; publicité pour les galettes de Pleyben, 1984.**
**(Images reproduites en début d'ouvrage, au verso de la couverture.)**

## *Lire l'image*

❶ Décrivez avec précision l'illustration de Félix Lorioux. Quelles remarques pouvez-vous faire sur la représentation des personnages ? Quel sentiment l'illustrateur cherche-t-il à communiquer ?
❷ Décrivez les gestes et les attitudes des personnages de la publicité Pleyben. Quelles différences observez-vous entre les deux images ?

❸ À quel type d'images appartiennent ces deux illustrations ? À quoi sert chacune de ces images ?

## Comparer le texte et l'image

❹ Quelles sont les particularités des yeux du loup dans l'illustration de Félix Lorioux ? À quel passage du texte de Perrault cela vous fait-il penser ?

❺ Expliquez le slogan de la publicité. Cette image annonce-t-elle un dénouement heureux ou malheureux pour le petit Chaperon rouge ?

## À vous de créer

❻ Imaginez deux bulles traduisant les pensées des deux personnages de l'illustration de Félix Lorioux.

❼ Créez une publicité imaginaire en vous inspirant de l'histoire du petit Chaperon rouge :

– Choisissez un produit qui pourrait séduire le loup et lui faire passer l'envie de manger la fillette.

– Réalisez une affiche accompagnée d'un slogan de votre invention qui vante les mérites de votre produit.

# La Belle au bois dormant

Il était une fois un Roi et une Reine, qui étaient si fâchés de n'avoir point d'enfants, si fâchés qu'on ne saurait dire. Ils allèrent à toutes les eaux[1] du monde ; vœux, pèlerinages, menues dévotions[2], tout fut mis en œuvre, et rien n'y faisait. Enfin pourtant la Reine devint grosse[3], et accoucha d'une fille : on fit un beau Baptême ; on donna pour Marraines à la petite Princesse toutes les Fées qu'on pût trouver dans le Pays (il s'en trouva sept), afin que chacune d'elles lui faisant un don, comme c'était la coutume des Fées en ce temps-là, la Princesse eût par ce moyen toutes les perfections imaginables.

Après les cérémonies du Baptême toute la compagnie revint au Palais du Roi, où il y avait un grand festin pour les Fées. On mit devant chacune d'elles un couvert magnifique, avec un étui d'or massif, où il y avait une cuiller, une fourchette, et un couteau de fin or, garni de diamants et de rubis.

Mais comme chacun prenait sa place à table, on vit entrer une vieille Fée qu'on n'avait point priée[4] parce qu'il y avait

---

1. **Eaux** : lieux de cure thermale où étaient soignées certaines maladies.
2. **Dévotions** : prières.
3. **Devint grosse** : tomba enceinte.
4. **Priée** : invitée.

plus de cinquante ans qu'elle n'était sortie d'une Tour et qu'on la croyait morte, ou enchantée[1]. Le Roi lui fit donner un couvert, mais il n'y eut pas moyen de lui donner un étui d'or massif, comme aux autres, parce que l'on n'en avait fait faire que sept pour les sept Fées. La vieille crut qu'on la méprisait, et grommela quelques menaces entre ses dents. Une des jeunes Fées qui se trouva auprès d'elle l'entendit, et jugeant qu'elle pourrait donner quelque fâcheux don à la petite Princesse, alla dès qu'on fut sorti de table se cacher derrière la tapisserie, afin de parler la dernière, et de pouvoir réparer autant qu'il lui serait possible le mal que la vieille aurait fait.

Cependant les Fées commencèrent à faire leurs dons à la Princesse. La plus jeune lui donna pour don qu'elle serait la plus belle personne du monde, celle d'après qu'elle aurait de l'esprit comme un Ange, la troisième qu'elle aurait une grâce admirable à tout ce qu'elle ferait, la quatrième qu'elle danserait parfaitement bien, la cinquième qu'elle chanterait comme un Rossignol, et la sixième qu'elle jouerait de toutes sortes d'instruments dans la dernière perfection. Le rang de la vieille Fée étant venu, elle dit, en branlant la tête encore plus de dépit[2] que de vieillesse, que la Princesse se percerait la main d'un fuseau[3], et qu'elle en mourrait.

Ce terrible don fit frémir toute la compagnie, et il n'y eut personne qui ne pleurât[4]. Dans ce moment la jeune Fée sortit de derrière la tapisserie, et dit tout haut ces paroles :

« Rassurez-vous, Roi et Reine, votre fille n'en mourra pas,

1. **Enchantée** : ensorcelée.
2. **Dépit** : chagrin mêlé de colère.
3. **Fuseau** : instrument pointu utilisé pour filer la laine.
4. **Il n'y eut personne qui ne pleurât** : tout le monde pleura.

il est vrai que je n'ai pas assez de puissance pour défaire entièrement ce que mon ancienne a fait. La Princesse se percera la main d'un fuseau; mais au lieu d'en mourir, elle tombera seulement dans un profond sommeil qui durera cent ans, au bout desquels le fils d'un Roi viendra la réveiller. »

Le Roi, pour tâcher d'éviter le malheur annoncé par la vieille, fit publier aussitôt un Édit[1], par lequel il défendait à toutes personnes de filer au fuseau, ni d'avoir des fuseaux chez soi sur peine de la vie[2].

Au bout de quinze ou seize ans, le Roi et la Reine étant allés à une de leurs Maisons de plaisance[3], il arriva que la jeune Princesse courant un jour dans le Château, et montant de chambre en chambre, alla jusqu'au haut d'un donjon dans un petit galetas[4], où une bonne Vieille était seule à filer sa quenouille[5]. Cette bonne femme n'avait point ouï[6] parler des défenses que le Roi avait faites de filer au fuseau.

« Que faites-vous là, ma bonne femme ? dit la Princesse.

– Je file, ma belle enfant, lui répondit la vieille qui ne la connaissait pas.

– Ah ! que cela est joli, reprit la Princesse, comment faites-vous ? donnez-moi que je voie si j'en ferais bien autant. »

Elle n'eut pas plus tôt pris le fuseau, que comme elle était fort vive, un peu étourdie, et que d'ailleurs l'Arrêt des

1. **Édit** : loi.
2. **Sur peine de la vie** : sous peine de mourir.
3. **Maisons de plaisance** : maisons à la campagne.
4. **Galetas** : logement sous les toits.
5. **Quenouille** : petit bâton utilisé pour filer la laine.
6. **Ouï** : entendu.

Fées l'ordonnait ainsi, elle s'en perça la main, et tomba évanouie.

La bonne vieille, bien embarrassée, crie au secours : on vient de tous côtés, on jette de l'eau au visage de la Princesse, on la délace, on lui frappe dans les mains, on lui frotte les tempes avec de l'eau de la Reine de Hongrie ; mais rien ne la faisait revenir.

Alors le Roi, qui était monté au bruit, se souvint de la prédiction des Fées, et jugeant bien qu'il fallait que cela arrivât, puisque les Fées l'avaient dit, fit mettre la Princesse dans le plus bel appartement du Palais, sur un lit en broderie d'or et d'argent. On eût dit d'un Ange, tant elle était belle ; car son évanouissement n'avait pas ôté les couleurs vives de son teint : ses joues étaient incarnates[1], et ses lèvres comme du corail, elle avait seulement les yeux fermés, mais on l'entendait respirer doucement, ce qui faisait voir qu'elle n'était pas morte. Le Roi ordonna qu'on la laissât dormir en repos, jusqu'à ce que son heure de se réveiller fût venue.

La bonne Fée qui lui avait sauvé la vie, en la condamnant à dormir cent ans, était dans le Royaume de Mataquin, à douze mille lieues[2] de là, lorsque l'accident arriva à la Princesse ; mais elle en fut avertie en un instant par un petit Nain, qui avait des bottes de sept lieues (c'était des bottes avec lesquelles on faisait sept lieues d'une seule enjambée). La Fée partit aussitôt, et on la vit au bout d'une heure arriver dans un chariot tout de feu, traîné par des dragons. Le Roi lui alla présenter la main à la descente du chariot.

---

1. **Incarnates** : rouges.
2. La lieue est une ancienne mesure de distance ; douze mille lieues font quarante-huit mille kilomètres.

Elle approuva tout ce qu'il avait fait, mais comme elle était grandement prévoyante, elle pensa que quand la Princesse viendrait à se réveiller, elle serait bien embarrassée toute seule dans ce vieux Château : voici ce qu'elle fit. Elle toucha de sa baguette tout ce qui était dans ce Château (hors le Roi et la Reine), Gouvernantes, Filles d'Honneur[1], Femmes de Chambre, Gentilshommes, Officiers, Maîtres d'Hôtel, Cuisiniers, Marmitons, Galopins, Gardes, Suisses, Pages, Valets de pied elle toucha aussi tous les chevaux qui étaient dans les Écuries, avec les Palefreniers[2], les gros mâtins[3] de basse-cour, et la petite Pouffe, petite chienne de la Princesse, qui était auprès d'elle sur son lit. Dès qu'elle les eut touchés, ils s'endormirent tous, pour ne se réveiller qu'en même temps que leur Maîtresse, afin d'être tout prêts à la servir quand elle en aurait besoin ; les broches mêmes qui étaient au feu toutes pleines de perdrix et de faisans s'endormirent, et le feu aussi. Tout cela se fit en un moment ; les Fées n'étaient pas longues à leur besogne.

Alors le Roi et la Reine, après avoir baisé leur chère enfant sans qu'elle s'éveillât, sortirent du Château, et firent publier des défenses[4] à qui que ce soit d'en approcher. Ces défenses n'étaient pas nécessaires, car il crût[5] dans un quart d'heure tout autour du parc une si grande quantité de grands arbres et de petits, de ronces et d'épines entrelacées les unes dans les autres, que bête ni homme n'y aurait pu passer : en sorte qu'on ne voyait plus que le

1. **Filles d'honneur** : jeunes filles nobles au service de la reine.
2. **Palefreniers** : valets chargés des chevaux.
3. **Mâtins** : chiens de garde.
4. **Publier des défenses** : interdire.
5. **Il crût** : il poussa.

haut des Tours du Château, encore n'était-ce que de bien loin. On ne douta point que la Fée n'eût encore fait là un tour de son métier, afin que la Princesse, pendant qu'elle dormirait, n'eût rien à craindre des Curieux.

Au bout de cent ans, le Fils du Roi qui régnait alors, et qui était d'une autre famille que la Princesse endormie, étant allé à la chasse de ce côté-là, demanda ce que c'était que des Tours qu'il voyait au-dessus d'un grand bois fort épais; chacun lui répondit selon qu'il en avait ouï parler. Les uns disaient que c'était un vieux Château où il revenait des Esprits; les autres que tous les Sorciers de la contrée y faisaient leur sabbat[1]. La plus commune opinion était qu'un Ogre y demeurait, et que là il emportait tous les enfants qu'il pouvait attraper, pour les pouvoir manger à son aise, et sans qu'on le pût suivre, ayant seul le pouvoir de se faire un passage au travers du bois.

Le Prince ne savait qu'en croire, lorsqu'un vieux Paysan prit la parole, et lui dit :

« Mon Prince, il y a plus de cinquante ans que j'ai ouï dire à mon père qu'il y avait dans ce Château une Princesse, la plus belle du monde; qu'elle y devait dormir cent ans, et qu'elle serait réveillée par le fils d'un Roi, à qui elle était réservée. »

Le jeune Prince, à ce discours, se sentit tout de feu; il crut sans balancer[2] qu'il mettrait fin à une si belle aventure; et poussé par l'amour et par la gloire, il résolut de voir sur-le-champ ce qui en était. À peine s'avança-t-il vers le bois, que tous ces grands arbres, ces ronces et ces épines

1. **Sabbat** : assemblée nocturne de sorciers et de sorcières.
2. **Sans balancer** : sans hésiter.

s'écartèrent d'elles-mêmes pour le laisser passer : il marche vers le Château qu'il voyait au bout d'une grande avenue où il entra, et ce qui le surprit un peu, il vit que personne de ses gens ne l'avait pu suivre, parce que les arbres s'étaient rapprochés dès qu'il avait été passé. Il ne laissa pas de continuer son chemin[1] : un Prince jeune et amoureux est toujours vaillant.

Il entra dans une grande avant-cour où tout ce qu'il vit d'abord était capable de le glacer de crainte : c'était un silence affreux, l'image de la mort s'y présentait partout, et ce n'était que des corps étendus d'hommes et d'animaux, qui paraissaient morts. Il reconnut pourtant bien au nez bourgeonné[2] et à la face vermeille[3] des Suisses, qu'ils n'étaient qu'endormis, et leurs tasses où il y avait encore quelques gouttes de vin montraient assez qu'ils s'étaient endormis en buvant.

Il passe une grande cour pavée de marbre, il monte l'escalier, il entre dans la salle des Gardes qui étaient rangés en haie, la carabine sur l'épaule, et ronflant de leur mieux. Il traverse plusieurs chambres pleines de Gentilshommes et de Dames, dormant tous, les uns debout, les autres assis; il entre dans une chambre toute dorée, et il vit sur un lit, dont les rideaux étaient ouverts de tous côtés, le plus beau spectacle qu'il eût jamais vu : une Princesse qui paraissait avoir quinze ou seize ans, et dont l'éclat resplendissant avait quelque chose de lumineux et de divin. Il s'approcha en tremblant et en admirant, et se mit à genoux auprès d'elle.

---

1. **Il ne laissa pas de continuer son chemin** : il continua cependant son chemin.
2. **Bourgeonné** : couvert de boutons.
3. **Face vermeille** : visage bien rouge.

Alors comme la fin de l'enchantement était venue, la Princesse s'éveilla ; et le regardant avec des yeux plus tendres qu'une première vue ne semblait le permettre :

« Est-ce vous, mon Prince ? lui dit-elle, vous vous êtes bien fait attendre. »

Le Prince charmé de ces paroles, et plus encore de la manière dont elles étaient dites, ne savait comment lui témoigner sa joie et sa reconnaissance ; il l'assura qu'il l'aimait plus que lui-même. Ses discours furent mal rangés[1], ils en plurent davantage ; peu d'éloquence, beaucoup d'amour. Il était plus embarrassé qu'elle, et l'on ne doit pas s'en étonner ; elle avait eu le temps de songer à ce qu'elle aurait à lui dire, car il y a apparence[2] (l'Histoire n'en dit pourtant rien) que la bonne Fée, pendant un si long sommeil, lui avait procuré le plaisir des songes agréables. Enfin il y avait quatre heures qu'ils se parlaient, et ils ne s'étaient pas encore dit la moitié des choses qu'ils avaient à se dire.

Cependant tout le Palais s'était réveillé avec la Princesse ; chacun songeait à faire sa charge[3], et comme ils n'étaient pas tous amoureux, ils mouraient de faim ; la Dame d'honneur, pressée comme les autres, s'impatienta, et dit tout haut à la Princesse que la viande était servie. Le Prince aida à la Princesse à se lever, elle était tout habillée et fort magnifiquement, mais il se garda bien de lui dire qu'elle était habillée comme ma mère-grand[4], et qu'elle avait un collet monté[5], elle n'en était pas moins belle.

---

1. **Mal rangés** : maladroits.
2. **Il y a apparence** : il semble.
3. **Faire sa charge** : faire son travail.
4. **Comme ma mère-grand** : à l'ancienne mode.
5. **Collet monté** : grand col montant en dentelle.

Ils passèrent dans un Salon de miroirs, et y soupèrent, servis par les Officiers de la Princesse, les Violons et les Hautbois jouèrent de vieilles pièces[1], mais excellentes, quoiqu'il y eût près de cent ans qu'on ne les jouât plus ; et après souper, sans perdre de temps, le grand Aumônier[2] les maria dans la Chapelle du Château, et la Dame d'honneur leur tira le rideau[3] : ils dormirent peu, la Princesse n'en avait pas grand besoin, et le Prince la quitta dès le matin pour retourner à la Ville, où son Père devait être en peine de lui[4].

Le Prince lui dit qu'en chassant il s'était perdu dans la forêt, et qu'il avait couché dans la hutte d'un Charbonnier, qui lui avait fait manger du pain noir et du fromage. Le Roi son père, qui était bon homme, le crut, mais sa Mère n'en fut pas bien persuadée, et voyant qu'il allait presque tous les jours à la chasse, et qu'il avait toujours une raison en main pour s'excuser, quand il avait couché deux ou trois nuits dehors, elle ne douta plus qu'il n'eût quelque amourette : car il vécut avec la Princesse plus de deux ans entiers, et en eut deux enfants, dont le premier, qui fut une fille, fut nommée l'Aurore, et le second un fils, qu'on nomma le Jour, parce qu'il paraissait encore plus beau que sa sœur.

La Reine dit plusieurs fois à son fils, pour le faire expliquer, qu'il fallait se contenter[5] dans la vie, mais il n'osa jamais se fier à elle de son secret ; il la craignait quoiqu'il

---

1. **Pièces** : morceaux de musique.
2. **Aumônier** : prêtre.
3. Les lits de l'époque étaient surmontés d'un baldaquin, sorte de cadre en bois garni de rideaux. Avant de se coucher, on tirait le rideau du lit.
4. **Être en peine de lui** : s'inquiéter pour lui.
5. **Se contenter** : être content de ce qu'on a.

l'aimât, car elle était de race Ogresse, et le Roi ne l'avait épousée qu'à cause de ses grands biens ; on disait même tout bas à la Cour qu'elle avait les inclinations des Ogres, et qu'en voyant passer de petits enfants, elle avait toutes les peines du monde à se retenir de se jeter sur eux ; ainsi le Prince ne voulut jamais rien dire.

Mais quand le Roi fut mort, ce qui arriva au bout de deux ans, et qu'il se vit le maître, il déclara publiquement son Mariage, et alla en grande cérémonie quérir[1] la Reine sa femme dans son Château. On lui fit une entrée magnifique dans la Ville Capitale, où elle entra au milieu de ses deux enfants.

Quelque temps après le Roi alla faire la guerre à l'Empereur Cantalabutte son voisin. Il laissa la Régence du Royaume à la Reine sa mère, et lui recommanda fort sa femme et ses enfants : il devait être à la guerre tout l'Été, et dès qu'il fut parti, la Reine-Mère envoya sa Bru[2] et ses enfants à une maison de campagne dans les bois, pour pouvoir plus aisément assouvir son horrible envie.

Elle y alla quelques jours après, et dit un soir à son Maître d'Hôtel :

« Je veux manger demain à mon dîner la petite Aurore.

– Ah ! Madame, dit le Maître d'Hôtel.

– Je le veux, dit la Reine (et elle le dit d'un ton d'Ogresse qui a envie de manger de la chair fraîche), et je la veux manger à la Sauce-robert[3]. »

1. **Quérir** : chercher.
2. **Bru** : belle-fille.
3. **Sauce-robert** : sauce avec des oignons et de la moutarde.

Ce pauvre homme voyant bien qu'il ne fallait pas se jouer à[1] une Ogresse, prit son grand couteau, et monta à la chambre de la petite Aurore : elle avait pour lors quatre ans, et vint en sautant et en riant se jeter à son col[2], et lui demander du bonbon. Il se mit à pleurer, le couteau lui tomba des mains, et il alla dans la basse-cour couper la gorge à un petit agneau, et lui fit une si bonne sauce que sa Maîtresse l'assura qu'elle n'avait jamais rien mangé de si bon. Il avait emporté en même temps la petite Aurore, et l'avait donnée à sa femme pour la cacher dans le logement qu'elle avait au fond de la basse-cour.

Huit jours après la méchante Reine dit à son Maître d'Hôtel :

«Je veux manger à mon souper le petit Jour.»

Il ne répliqua pas, résolu de la tromper comme l'autre fois, il alla chercher le petit Jour, et le trouva avec un petit fleuret[3] à la main, dont il faisait des armes avec un gros Singe ; il n'avait pourtant que trois ans. Il le porta à sa femme qui le cacha avec la petite Aurore, et donna à la place du petit Jour un petit chevreau fort tendre, que l'Ogresse trouva admirablement bon.

Cela était fort bien allé jusque-là ; mais un soir cette méchante Reine dit au Maître d'Hôtel :

«Je veux manger la Reine à la même sauce que ses enfants.»

Ce fut alors que le pauvre Maître d'Hôtel désespéra de la pouvoir encore tromper. La jeune Reine avait vingt ans passés, sans compter les cent ans qu'elle avait dormi :

---

1. **Se jouer à** : se mesurer à.
2. **Col** : cou.
3. **Fleuret** : fine épée.

sa peau était un peu dure, quoique belle et blanche ; et le moyen de trouver dans la Ménagerie[1] une bête aussi dure que cela ?

Il prit la résolution, pour sauver sa vie, de couper la gorge à la Reine, et monta dans sa chambre, dans l'intention de n'en pas faire à deux fois[2] ; il s'excitait à la fureur, et entra le poignard à la main dans la chambre de la jeune Reine. Il ne voulut pourtant point la surprendre, et il lui dit avec beaucoup de respect l'ordre qu'il avait reçu de la Reine-Mère.

« Faites votre devoir, lui dit-elle, en lui tendant le col ; exécutez l'ordre qu'on vous a donné ; j'irai revoir mes enfants, mes pauvres enfants que j'ai tant aimés » ; car elle les croyait morts depuis qu'on les avait enlevés sans lui rien dire.

« Non, non, Madame, lui répondit le pauvre Maître d'Hôtel tout attendri, vous ne mourrez point, et vous ne laisserez pas[3] d'aller revoir vos chers enfants, mais ce sera chez moi où je les ai cachés, et je tromperai encore la Reine, en lui faisant manger une jeune biche en votre place. »

Il la mena aussitôt à sa chambre, où la laissant embrasser ses enfants et pleurer avec eux, il alla accommoder[4] une biche, que la Reine mangea à son souper, avec le même appétit que si c'eût été la jeune Reine. Elle était bien contente de sa cruauté, et elle se préparait à dire au Roi, à son retour, que les loups enragés avaient mangé la Reine sa femme et ses deux enfants.

1. **Ménagerie** : lieu où sont rassemblés les animaux du château.
2. **N'en pas faire à deux fois** : ne pas perdre de temps.
3. **Vous ne laisserez pas** : vous ne manquerez pas.
4. **Accommoder** : préparer.

Un soir qu'elle rôdait à son ordinaire dans les cours et basses-cours du Château pour y halener[1] quelque viande fraîche, elle entendit dans une salle basse le petit Jour qui pleurait, parce que la Reine sa mère le voulait faire fouetter, à cause qu'il avait été méchant, et elle entendit aussi la petite Aurore qui demandait pardon pour son frère. L'Ogresse reconnut la voix de la Reine et de ses enfants, et furieuse d'avoir été trompée, elle commande dès le lendemain au matin, avec une voix épouvantable qui faisait trembler tout le monde, qu'on apportât au milieu de la cour une grande cuve, qu'elle fit remplir de crapauds, de vipères, de couleuvres et de serpents, pour y faire jeter la Reine et ses enfants, le Maître d'Hôtel, sa femme et sa servante : elle avait donné ordre de les amener les mains liées derrière le dos.

Ils étaient là, et les bourreaux se préparaient à les jeter dans la cuve, lorsque le Roi, qu'on n'attendait pas si tôt, entra dans la cour à cheval ; il était venu en poste[2], et demanda tout étonné[3] ce que voulait dire cet horrible spectacle ; personne n'osait l'en instruire, quand l'Ogresse, enragée de voir ce qu'elle voyait, se jeta elle-même la tête la première dans la cuve, et fut dévorée en un instant par les vilaines bêtes qu'elle y avait fait mettre. Le Roi ne laissa pas d'en être fâché : elle était sa mère ; mais il s'en consola bientôt avec sa belle femme et ses enfants.

1. **Halener** : flairer, sentir le gibier.
2. **En poste** : très vite.
3. **Étonné** : épouvanté.

## Moralité

*Attendre quelque temps pour avoir un époux,*
*Riche, bien fait, galant et doux,*
*La chose est assez naturelle,*
*Mais l'attendre cent ans, et toujours en dormant,*
*On ne trouve plus de femelle,*
*Qui dormît si tranquillement.*

## Autre moralité

*La Fable semble encor vouloir nous faire entendre,*
*Que souvent de l'Hymen les agréables nœuds*[1]*,*
*Pour être différés, n'en sont pas moins heureux,*
*Et qu'on ne perd rien pour attendre;*
*Mais le sexe*[2] *avec tant d'ardeur,*
*Aspire à la foi conjugale*[3]*,*
*Que je n'ai pas la force ni le cœur*[4]*,*
*De lui prêcher cette morale.*

1. **De l'hymen les agréables nœuds** : les liens du mariage.
2. **Le sexe** : les femmes.
3. **Aspire à la foi conjugale** : souhaite le mariage.
4. **Cœur** : courage.

# Arrêt sur lecture 2

## Un quiz pour commencer

***Cochez les bonnes réponses.***

❶ ***Quelle difficulté rencontrent le roi et la reine ?***

- ❐ Ils sont fâchés l'un contre l'autre.
- ■ Ils ne parviennent pas à avoir d'enfant.
- ❐ Leur royaume est attaqué par une armée d'ogres.

❷ ***Pour son baptême, que reçoit la princesse de la part de ses marraines ?***

- ■ Des dons qui lui procurent toutes les perfections.
- ❐ Des robes toutes plus belles les unes que les autres.
- ❐ Des jouets par milliers.

❸ ***Pourquoi la vieille fée est-elle fâchée ?***

- ❐ Parce qu'elle est jalouse des fées, qui sont plus belles qu'elle.
- ❐ Parce que tous les convives se moquent de son chapeau.
- ■ Parce qu'elle n'a pas eu d'étui en or comme les autres fées.

❹ *Que fait la vieille fée pour se venger ?*

- ☐ Elle tue les autres fées.
- ■ Elle jette un mauvais sort à la princesse.
- ☐ Elle transforme les convives en citrouilles.

❺ *Avec quel objet la princesse se blesse-t-elle la main ?*

- ■ Un fuseau.
- ☐ Des ciseaux.
- ☐ Un couteau.

❻ *Comment le prince réveille-t-il la princesse endormie ?*

- ■ Il se met à genoux devant elle.
- ☐ Il fredonne une chanson.
- ☐ Il prononce une formule magique.

❼ *Qui est vraiment la reine mère ?*

- ☐ Une fée.
- ■ Une ogresse.
- ☐ Un dragon.

❽ *Que fait le maître d'hôtel quand la reine mère lui demande de tuer Aurore ?*

- ☐ Il obéit et tranche la gorge d'Aurore.
- ☐ Il supplie la reine mère de changer d'avis.
- ■ Il tue un agneau à la place d'Aurore.

❾ *À la fin du conte, comment réagit la reine mère à l'arrivée de son fils ?*

- ■ Elle se jette dans une cuve pleine de crapauds et de serpents.
- ☐ Elle le tue.
- ☐ Elle s'enfuit.

# Des questions pour aller plus loin

## ☛ Repérer les composantes du merveilleux

### Un monde enchanté

❶ Dans le titre du conte, quel nom le terme « dormant » qualifie-t-il ? En quoi ce titre annonce-t-il un récit merveilleux ?
❷ Dans le premier paragraphe du conte, relevez les indications de temps et de lieu. Qu'apprend le lecteur sur le cadre spatio-temporel du récit ?
❸ Cherchez dans le dictionnaire le sens du mot « enchantement » (p. 32, l. 183). Indiquez l'origine de ce terme et employez-le dans une phrase de votre invention.
❹ Pour quelle raison peut-on dire que le bois entourant le château de la princesse endormie est enchanté ?

### Des personnages extraordinaires

❺ Quels sont les différents dons reçus par la princesse lors de son baptême ? Pourquoi peut-on dire qu'elle devient ainsi un personnage merveilleux ?
❻ Quels sont les deux types d'êtres surnaturels qui apparaissent dans ce conte ? Quelle est la caractéristique principale de chacun d'eux ?
❼ Relevez deux exemples d'objets magiques dans le conte. Par qui sont-ils utilisés ? Quel est leur pouvoir ?
❽ Cherchez dans le dictionnaire le mot « fée » et indiquez son origine. Donnez deux mots de la même famille.

❾ Comment s'appellent les deux enfants du prince et de la princesse ? En quoi le choix de ces prénoms participe-t-il à la construction de l'atmosphère merveilleuse du conte ?

## Une rencontre sous le signe du charme (p. 30-32, l. 150-199)

❿ Quelles sont les deux motivations du prince pour se rendre au château de la princesse ?
⓫ Relisez le portrait de la princesse l. 178-182. Quelle caractéristique de la princesse est ici mise en évidence ? Relevez l'adjectif qui lui attribue une qualité surnaturelle.
⓬ Pour quelle raison la Belle se réveille-t-elle ?
⓭ Lorsque la Belle s'adresse au prince, celui-ci se trouve « charmé de ces paroles » (p. 32, l. 188). Quelle est l'origine du mot « charme » ? Qu'en concluez-vous sur la nature de l'amour que le prince éprouve pour la princesse ?
⓮ Quelle est l'attitude du prince face à la princesse ? Pourquoi cela charme-t-il la princesse ?

## La mise à l'épreuve de la Belle et de son prince charmant

⓯ Quelle est la première épreuve que la Belle doit surmonter ? Quelle est la particularité de cette épreuve ?
⓰ Quelle épreuve le prince doit-il surmonter afin de pénétrer dans le château de la Belle ? En quoi peut-on dire que le bois vient en aide au prince ?
⓱ Une fois devenue reine, quelle nouvelle épreuve la Belle doit-elle affronter ? Quel personnage lui apporte son aide ? Comment ?
⓲ Quel événement constitue l'élément de résolution du récit ? En quoi met-il définitivement fin aux épreuves des deux héros ?

*Rappelez-vous !*

Aujourd'hui, le sens le plus courant de l'adjectif « merveilleux » est « extraordinaire », « magnifique ». Mais, appliqué à un texte littéraire, l'adjectif « merveilleux » caractérise un univers gouverné par des lois surnaturelles. Dans le monde merveilleux, certains événements ne peuvent s'expliquer par la raison. C'est le domaine de prédilection des créatures douées de pouvoirs magiques. Les fées, par exemple, interviennent sur le destin des hommes en leur offrant des dons, et en leur jetant des sorts. Le monde merveilleux est parsemé d'objets magiques comme le fuseau ou les bottes de sept lieues du nain.

# De la lecture à l'écriture

## *Des mots pour mieux écrire*

❶ ***À partir des lettres suivantes, trouvez cinq adjectifs synonymes du mot*** belle :

M_G__FI__E SPL____DE _U__RBE

RAVI______ J_L_E

❷ **a.** ***Expliquez la formation du mot*** amourette.

**b.** ***Trouvez quatre mots construits comme ce terme et utilisez-les dans cinq phrases mettant en évidence leur sens.***

## *À vous d'écrire*

❶ Imaginez que vous êtes la bonne fée de « La Belle au bois dormant ». Racontez à la première personne du singulier votre voyage du royaume de Mataquin jusqu'au château endormi.

***Consigne.*** Vous veillerez à respecter les indications présentes dans le texte (p. 28), et vous emploierez le passé composé.

❷ Composez le portrait de la Belle endormie, puis décrivez son réveil progressif.

***Consigne.*** Vous utiliserez le champ lexical de la beauté. Votre texte sera d'une quinzaine de lignes.

❸ Imaginez que vous êtes journaliste. Au lendemain du réveil de la Belle au bois dormant, vous rédigez un article de presse sur cet événement.

***Consigne.*** Vous insérerez dans votre article une interview d'un des gardes du château qui a assisté à la rencontre du prince et de la princesse. Il donnera des informations sur ce qu'il a vu ce soir-là.

# Du texte à l'image

**➡ Edward Burne-Jones, *La Belle au bois dormant*, 1873.**
**(Image reproduite en fin d'ouvrage, au verso de la couverture.)**

## *Lire l'image*

❶ Décrivez avec précision le tableau en détaillant l'attitude et la position de chacun des personnages.

❷ Quel est le personnage central ? Par quels procédés est-il mis en valeur ?

❸ Dans quel lieu se déroule cette scène ? Quelle est la particularité de cet intérieur ?
❹ Quelle est la couleur dominante à l'arrière-plan de l'image ? À quoi fait penser cette couleur ?

## Comparer le texte et l'image

❺ Quels éléments de cette image vous permettent de reconnaître qu'il s'agit d'une illustration de « La Belle au bois dormant » ? Relevez le passage du texte qui correspond à la scène représentée.
❻ D'après le texte, de quelle couleur est la chambre de la Belle au bois dormant ? Cette couleur est-elle présente dans l'illustration de Burne-Jones ?
❼ Qui sont les femmes allongées aux côtés de la Belle ? D'après le texte de Perrault, où se trouvent ces femmes ?

## À vous de créer

❽ Observez attentivement l'image afin d'en mémoriser tous les détails. Fermez votre livre et rédigez de mémoire une description précise de ce tableau en utilisant le vocabulaire de l'analyse picturale (premier plan, deuxième plan, arrière-plan).

# Le Maître Chat ou le Chat botté

Un Meunier ne laissa pour tous biens à trois enfants qu'il avait, que son Moulin, son Âne, et son Chat. Les partages furent bientôt faits, ni le Notaire, ni le Procureur[1] n'y furent point appelés. Ils auraient eu bientôt mangé tout le pauvre patrimoine[2]. L'aîné eut le Moulin, le second eut l'Âne, et le plus jeune n'eut que le Chat.

Ce dernier ne pouvait se consoler d'avoir un si pauvre lot :

« Mes frères, disait-il, pourront gagner leur vie honnêtement en se mettant ensemble ; pour moi, lorsque j'aurai mangé mon chat, et que je me serai fait un manchon[3] de sa peau, il faudra que je meure de faim. »

Le Chat qui entendait ce discours, mais qui n'en fit pas semblant[4], lui dit d'un air posé et sérieux :

« Ne vous affligez point, mon maître, vous n'avez qu'à me donner un Sac, et me faire faire une paire de Bottes pour aller dans les broussailles, et vous verrez que vous n'êtes pas si mal partagé[5] que vous croyez. »

---

1. **Procureur** : officier de justice.
2. **Patrimoine** : biens reçus en héritage.
3. **Manchon** : rouleau de fourrure pour protéger ses mains du froid.
4. **Qui n'en fit pas semblant** : qui ne le montra pas.
5. **Pas si mal partagé** : pas si mal traité, pas si mal loti.

Quoique le Maître du chat ne fît pas grand fond là-dessus[1], il lui avait vu faire tant de tours de souplesse, pour prendre des Rats et des Souris, comme quand il se pendait par les pieds, ou qu'il se cachait dans la farine pour faire le mort, qu'il ne désespéra pas d'en être secouru dans sa misère.

Lorsque le chat eut ce qu'il avait demandé, il se botta bravement, et mettant son sac à son cou, il en prit les cordons avec ses deux pattes de devant, et s'en alla dans une garenne[2] où il y avait grand nombre de lapins. Il mit du son et des lasserons[3] dans son sac, et s'étendant comme s'il eût été mort, il attendit que quelque jeune lapin, peu instruit encore des ruses de ce monde, vînt se fourrer dans son sac pour manger ce qu'il y avait mis. À peine fut-il couché, qu'il eut contentement; un jeune étourdi de lapin entra dans son sac et le maître chat tirant aussitôt les cordons le prit et le tua sans miséricorde.

Tout glorieux de sa proie, il s'en alla chez le Roi et demanda à lui parler. On le fit monter à l'Appartement de sa Majesté, où étant entré il fit une grande révérence au Roi, et lui dit :

« Voilà, Sire, un Lapin de Garenne que Monsieur le Marquis de Carabas (c'était le nom qu'il lui prit en gré de[4] donner à son Maître) m'a chargé de vous présenter de sa part.

– Dis à ton Maître, répondit le Roi, que je le remercie, et qu'il me fait plaisir. »

---

1. **Ne fît pas grand fond là-dessus** : n'y comptât pas beaucoup.
2. **Garenne** : bois où vivent les lapins sauvages.
3. **Lasserons** : herbes sauvages.
4. **Qu'il lui prit en gré de** : qu'il lui plut de.

Une autre fois, il alla se cacher dans un blé[1], tenant toujours son sac ouvert ; et lorsque deux Perdrix y furent entrées, il tira les cordons, et les prit toutes deux. Il alla ensuite les présenter au Roi, comme il avait fait le Lapin[2] de garenne. Le Roi reçut encore avec plaisir les deux Perdrix, et lui fit donner pour boire. Le chat continua ainsi pendant deux ou trois mois à porter de temps en temps au Roi du Gibier de la chasse de son Maître.

Un jour qu'il sut que le Roi devait aller à la promenade sur le bord de la rivière avec sa fille, la plus belle Princesse du monde, il dit à son Maître :

« Si vous voulez suivre mon conseil, votre fortune est faite : vous n'avez qu'à vous baigner dans la rivière à l'endroit que je vous montrerai, et ensuite me laisser faire. »

Le Marquis de Carabas fit ce que son chat lui conseillait, sans savoir à quoi cela serait bon. Dans le temps qu'il se baignait, le Roi vint à passer, et le Chat se mit à crier de toute sa force :

« Au secours, au secours, voilà Monsieur le Marquis de Carabas qui se noie ! »

À ce cri le Roi mit la tête à la portière, et reconnaissant le Chat qui lui avait apporté tant de fois du Gibier, il ordonna à ses Gardes qu'on allât vite au secours de Monsieur le Marquis de Carabas. Pendant qu'on retirait le pauvre Marquis de la rivière, le Chat s'approcha du Carrosse, et dit au Roi que dans le temps que son Maître se baignait, il était venu des Voleurs qui avaient emporté ses habits, quoiqu'il eût

---

1. **Dans un blé** : dans un champ de blé.
2. **Fait le lapin** : fait pour le lapin.

crié au voleur de toute sa force ; le drôle[1] les avait cachés sous une grosse pierre.

Le Roi ordonna aussitôt aux Officiers de sa Garde-robe d'aller quérir[2] un de ses plus beaux habits pour Monsieur le Marquis de Carabas. Le Roi lui fit mille caresses[3], et comme les beaux habits qu'on venait de lui donner relevaient sa bonne mine[4] (car il était beau, et bien fait de sa personne), la fille du Roi le trouva fort à son gré, et le Comte de Carabas ne lui eut pas jeté deux ou trois regards fort respectueux, et un peu tendres, qu'elle en devint amoureuse à la folie. Le Roi voulut qu'il montât dans son Carrosse, et qu'il fût de la promenade.

Le Chat ravi de voir que son dessein[5] commençait à réussir, prit les devants, et ayant rencontré des Paysans qui fauchaient un Pré, il leur dit :

« Bonnes gens qui fauchez, si vous ne dites au Roi que le pré que vous fauchez appartient à Monsieur le Marquis de Carabas, vous serez tous hachés menu comme chair à pâté. »

Le Roi ne manqua pas à demander aux Faucheux à qui était ce Pré qu'ils fauchaient.

« C'est à Monsieur le Marquis de Carabas », dirent-ils tous ensemble, car la menace du Chat leur avait fait peur.

« Vous avez là un bel héritage[6], dit le Roi au Marquis de Carabas.

1. **Le drôle** : personne dégourdie.
2. **Quérir** : chercher.
3. **Caresses** : compliments, démonstrations d'amitié.
4. **Bonne mine** : belle allure.
5. **Dessein** : plan, projet.
6. **Bel héritage** : beau domaine.

– Vous voyez, Sire, répondit le Marquis, c'est un pré qui ne manque point de rapporter abondamment toutes les années. »

Le maître chat, qui allait toujours devant, rencontra des Moissonneurs, et leur dit :

« Bonnes gens qui moissonnez, si vous ne dites pas que tous ces blés appartiennent à Monsieur le Marquis de Carabas, vous serez tous hachés menu comme chair à pâté. »

Le Roi, qui passa un moment après, voulut savoir à qui appartenaient tous les blés qu'il voyait.

« C'est à Monsieur le Marquis de Carabas », répondirent les Moissonneurs, et le Roi s'en réjouit encore avec le Marquis.

Le Chat, qui allait devant le Carrosse, disait toujours la même chose à tous ceux qu'il rencontrait, et le Roi était étonné des grands biens de Monsieur le Marquis de Carabas.

Le maître Chat arriva enfin dans un beau Château dont le Maître était un Ogre, le plus riche qu'on ait jamais vu, car toutes les terres par où le Roi avait passé étaient de la dépendance de ce Château. Le Chat, qui eut soin de s'informer qui était cet Ogre, et ce qu'il savait faire, demanda à lui parler, disant qu'il n'avait pas voulu passer si près de son Château, sans avoir l'honneur de lui faire la révérence.

L'Ogre le reçut aussi civilement[1] que le peut un Ogre, et le fit reposer.

« On m'a assuré, dit le Chat, que vous aviez le don de vous changer en toute sorte d'Animaux, que vous pouviez par exemple vous transformer en Lion, en Éléphant?

1. **Civilement** : poliment.

– Cela est vrai, répondit l'Ogre brusquement, et pour vous le montrer, vous m'allez voir devenir Lion. »

Le Chat fut si effrayé de voir un Lion devant lui, qu'il gagna aussitôt les gouttières, non sans peine et sans péril, à cause de ses bottes qui ne valaient rien pour marcher sur les tuiles.

Quelque temps après, le Chat, ayant vu que l'Ogre avait quitté sa première forme, descendit, et avoua qu'il avait eu bien peur.

« On m'a assuré encore, dit le Chat, mais je ne saurais le croire, que vous aviez aussi le pouvoir de prendre la forme des plus petits Animaux, par exemple, de vous changer en un Rat, en une souris; je vous avoue que je tiens cela tout à fait impossible.

– Impossible? reprit l'Ogre, vous allez voir », et en même temps il se changea en une Souris, qui se mit à courir sur le plancher.

Le Chat ne l'eut pas plus tôt aperçue qu'il se jeta dessus, et la mangea.

Cependant le Roi, qui vit en passant le beau Château de l'Ogre, voulut entrer dedans. Le Chat, qui entendit le bruit du Carrosse qui passait sur le pont-levis, courut au-devant, et dit au Roi :

« Votre Majesté soit la bienvenue dans le Château de Monsieur le Marquis de Carabas.

– Comment, Monsieur le Marquis, s'écria le Roi, ce Château est encore à vous! il ne se peut rien de plus beau que cette cour et que tous ces Bâtiments qui l'environnent; voyons les dedans, s'il vous plaît. »

Le Marquis donna la main à la jeune Princesse, et suivant le Roi qui montait le premier, ils entrèrent dans une grande

Salle où ils trouvèrent une magnifique collation[1] que l'Ogre avait fait préparer pour ses amis qui le devaient venir voir ce même jour-là, mais qui n'avaient pas osé entrer, sachant que le Roi y était. Le Roi charmé des bonnes qualités de Monsieur le Marquis de Carabas, de même que sa fille qui en était folle, et voyant les grands biens qu'il possédait, lui dit, après avoir bu cinq ou six coups :

« Il ne tiendra qu'à vous, Monsieur le Marquis, que vous ne soyez mon gendre. »

Le Marquis, faisant de grandes révérences, accepta l'honneur que lui faisait le Roi ; et dès le même jour épousa la Princesse. Le Chat devint grand Seigneur, et ne courut plus après les souris, que pour se divertir.

## Moralité

*Quelque grand que soit l'avantage*
*De jouir d'un riche héritage*
*Venant à nous de père en fils,*
*Aux jeunes gens pour l'ordinaire*[2]*,*
*L'industrie*[3] *et le savoir-faire*
*Valent mieux que des biens acquis.*

---

**1. Collation** : repas.
**2. Pour l'ordinaire** : le plus souvent.
**3. Industrie** : habileté, ingéniosité.

### Autre moralité

*Si le fils d'un Meunier, avec tant de vitesse,*
*Gagne le cœur d'une Princesse,*
*Et s'en fait regarder avec des yeux mourants,*
*C'est que l'habit, la mine et la jeunesse,*
*Pour inspirer de la tendresse,*
*N'en sont pas des moyens toujours indifférents.*

# Arrêt sur lecture 3

## Un quiz pour commencer

***Cochez les bonnes réponses.***

❶ *Comment le plus jeune fils du meunier acquiert-il un chat ?*

- ❒ Il le trouve dans la rue.
- ❒ Ses deux frères lui en offrent un pour son anniversaire.
- ☒ Son père lui en lègue un en héritage.

❷ *Comment réagit le fils du meunier quand il reçoit le chat ?*

- ❒ Il est ravi.
- ☒ Il est déçu.
- ❒ Il est surpris.

❸ *Quelle est la première chose que le chat demande à son maître ?*

- ☒ Un sac et une paire de bottes.
- ❒ Une souris.
- ❒ Un chapeau.

**4** ***Pourquoi le chat rend-il visite au roi ?***

- ☒ Pour lui offrir du gibier de la part de son maître.
- ❒ Pour lui demander la main de sa fille.
- ❒ Pour lui proposer ses services.

**5** ***Que demande le chat aux faucheurs, puis aux moissonneurs ?***

- ❒ De se dépêcher de finir leur travail.
- ☒ De dire au roi que les terres sur lesquelles ils travaillent appartiennent au marquis de Carabas.
- ❒ De lui donner un morceau de pain à grignoter.

**6** ***Quel est le don de l'ogre ?***

- ☒ Il peut se transformer en toutes sortes d'animaux.
- ❒ Il sait voler.
- ❒ Il est capable de prévoir l'avenir.

**7** ***Comment le chat se débarrasse-t-il de l'ogre ?***

- ❒ Il lui tend un piège, et l'enferme dans un sac.
- ❒ Il lui demande de se transformer en perdrix, puis le mange.
- ☒ Il lui demande de se transformer en souris, puis le mange.

**8** ***Que décide le roi à la fin du conte ?***

- ☒ De donner la main de sa fille au marquis de Carabas.
- ❒ De tuer le marquis de Carabas.
- ❒ D'adopter le chat botté.

**9** ***Quel est le sens de la première moralité du « Chat botté » ?***

- ☒ L'intelligence vaut mieux que les biens reçus en héritage.
- ❒ Les biens reçus en héritage valent mieux que l'intelligence.
- ❒ Avoir une belle allure permet d'inspirer de la tendresse.

# Des questions pour aller plus loin

## ☛ Étudier les personnages d'un conte

### Le chat et son maître

❶ Quels sont les principaux traits de caractère du chat ? Son comportement est-il celui d'un animal ?
❷ Dans le titre du conte, quelles sont la nature grammaticale et la fonction du mot « botté » ? Quelle est l'origine de ce mot ?
❸ Relevez les informations concernant le jeune fils du meunier dans les lignes 1-12, p. 49. Qu'en concluez-vous sur le rôle de ce personnage dans l'action ?
❹ Relevez les différents emplois du mot « maître » dans le texte. Quels sont les deux personnages désignés par ce terme ?
❺ « Le Marquis de Carabas fit ce que son chat lui conseillait, sans savoir à quoi cela serait bon » (p. 51, l. 60-61). Que nous laisse entendre cette phrase sur les rapports existant entre le maître et son chat ? En quoi peut-on dire qu'il y a une inversion des rôles entre les animaux et les hommes dans ce conte ?
❻ Selon vous, qui est le véritable héros de ce conte ? Pourquoi ?

### Une histoire de métamorphoses

❼ Comparez la situation du fils du meunier au début et à la fin du conte. Quelle remarque peut-on faire sur son évolution sociale ?
❽ Quelle est la stratégie adoptée par le chat pour assurer la réussite de son maître ? Présentez votre réponse à l'aide d'un tableau, en indiquant dans la colonne de gauche les différents stratagèmes que l'animal met en œuvre, et dans la colonne de droite, les objectifs qu'il cherche ainsi à atteindre.

9 Quel personnage est capable de se métamorphoser en animal ? Quelles différentes formes prend-il devant le chat ? Relevez trois mots appartenant au champ lexical de la métamorphose dans les lignes 124-143, p. 53-54.
10 La rencontre entre le chat et l'ogre se termine tragiquement pour l'ogre. Quelle moralité pourrait-on tirer de cet épisode ?
11 Le chat connaît-il la même réussite que son maître ? Quelles qualités évoquées dans la première moralité possède-t-il ?

## Le règne des apparences

12 Quelle est la réaction du fils du meunier lorsqu'il reçoit le chat en héritage ? Pourquoi ?
13 Relevez les mots ou les expressions appartenant au champ lexical de la dissimulation dans les lignes 19-35, p. 50.
14 Quel nom le chat donne-t-il à son maître devant le roi ? Quel effet le chat cherche-t-il à produire sur le roi ?
15 Pourquoi la fille du roi tombe-t-elle amoureuse du marquis de Carabas ?
16 Quelle est la raison principale qui décide le roi à donner la main de sa fille au marquis de Carabas ? Relevez une phrase du texte pour justifier votre réponse.
17 Pourquoi peut-on comparer le personnage du chat à un metteur en scène de comédie ? Qui sont les acteurs et les spectateurs de cette comédie ?
18 D'après la deuxième moralité du conte, qu'est-ce qui a permis au fils du meunier d'épouser la princesse ? Quelle morale le lecteur est-il invité à retenir ?

*Rappelez-vous !*

Au début d'un conte, le héros se trouve souvent dans une situation défavorable. Ainsi, dans « Le Chat botté », au vu de la répartition de l'héritage, le plus jeune fils du meunier peut sembler désavantagé par rapport à ses deux frères. La progression de l'action conduit ensuite à renverser ce déséquilibre initial à l'avantage du héros. Au cours du récit, le héros affronte le monde et met son intelligence à l'épreuve. Il peut bénéficier de l'aide d'autres personnages, qu'on appelle les adjuvants : c'est grâce à l'aide de son chat que le fils du meunier devient le marquis de Carabas et l'époux de la fille du roi.

# De la lecture à l'écriture

## *Des mots pour mieux écrire*

**❶ *Complétez ce résumé à l'aide des mots suivants en les accordant correctement :* bien, héritage, marquis, ingéniosité, partage, stratagème.**

Le plus jeune fils d'un meunier reçoit un chat en _________. Il est d'abord très déçu par ce _________, mais le chat l'assure qu'il finira par en être satisfait. L'animal met alors en œuvre différents _________ qui lui permettent de faire passer son maître pour un riche _________. La fille du roi est séduite par son allure, et le roi par ses _________. Ainsi, grâce à l'_________ de son chat, le fils du meunier est devenu un prince.

**❷ *Dites à quel champ lexical appartiennent les mots de chacune de ces deux listes, et trouvez l'intrus qui s'est glissé dans chacune d'elles.***

**a.** tromper, piège, rusé, avouer, stratagème, dissimuler, feinte.

**b.** intelligence, habileté, ingénieux, esprit, malin, génie, magnifique.

# *À vous d'écrire*

❶ Imaginez le destin du fils du meunier qui a reçu l'âne en héritage.

*Consigne.* Votre texte sera d'une quinzaine de lignes, et vous l'organiserez en trois paragraphes. Dans le premier paragraphe, vous décrirez la réaction du fils du meunier au moment de l'héritage. Dans le deuxième paragraphe, vous raconterez comment le personnage s'est servi de son âne. Dans le dernier paragraphe, vous évoquerez la nouvelle situation du personnage.

❷ Le chat a réussi à faire de son maître un prince, mais son ambition ne s'arrête pas là : il veut maintenant lui faire prendre la place du roi. Racontez comment le chat y parvient.

*Consigne.* D'une quinzaine de lignes, votre texte présentera les trois stratagèmes mis en œuvre par le chat pour atteindre son but. Vous utiliserez le champ lexical de la ruse, et celui de l'intelligence.

# Le Petit Poucet

Il était une fois un Bûcheron et une Bûcheronne qui avaient sept enfants tous Garçons. L'aîné n'avait que dix ans, et le plus jeune n'en avait que sept. On s'étonnera que le Bûcheron ait eu tant d'enfants en si peu de temps ; mais c'est que sa femme allait vite en besogne, et n'en faisait pas moins que deux à la fois.

Ils étaient fort pauvres, et leurs sept enfants les incommodaient beaucoup, parce que aucun d'eux ne pouvait encore gagner sa vie. Ce qui les chagrinait encore, c'est que le plus jeune était fort délicat et ne disait mot : prenant pour bêtise ce qui était une marque de la bonté de son esprit. Il était fort petit, et quand il vint au monde, il n'était guère plus gros que le pouce, ce qui fit que l'on l'appela le petit Poucet. Ce pauvre enfant était le souffre-douleur[1] de la maison, et on lui donnait toujours le tort. Cependant il était le plus fin, et le plus avisé[2] de tous ses frères, et s'il parlait peu, il écoutait beaucoup.

Il vint une année très fâcheuse, et la famine fut si grande, que ces pauvres gens résolurent de se défaire de leurs enfants. Un soir que ces enfants étaient couchés, et que le Bûcheron

1. **Souffre-douleur** : personne qui est en butte aux plaisanteries, au mépris des autres.
2. **Avisé** : prudent, réfléchi.

était auprès du feu avec sa femme, il lui dit, le cœur serré de douleur :

« Tu vois bien que nous ne pouvons plus nourrir nos enfants ; je ne saurais les voir mourir de faim devant mes yeux, et je suis résolu de les mener perdre[1] demain au bois, ce qui sera bien aisé, car tandis qu'ils s'amuseront à fagoter[2], nous n'avons qu'à nous enfuir sans qu'ils nous voient.

– Ah ! s'écria la Bûcheronne, pourrais-tu bien toi-même mener perdre tes enfants ? »

Son mari avait beau lui représenter leur grande pauvreté, elle ne pouvait y consentir ; elle était pauvre, mais elle était leur mère. Cependant ayant considéré quelle douleur ce lui serait de les voir mourir de faim, elle y consentit, et alla se coucher en pleurant.

Le petit Poucet ouït[3] tout ce qu'ils dirent, car ayant entendu de dedans son lit qu'ils parlaient d'affaires, il s'était levé doucement, et s'était glissé sous l'escabelle[4] de son père pour les écouter sans être vu. Il alla se recoucher et ne dormit point le reste de la nuit, songeant à ce qu'il avait à faire. Il se leva de bon matin, et alla au bord d'un ruisseau où il emplit ses poches de petits cailloux blancs, et ensuite revint à la maison.

On partit, et le petit Poucet ne découvrit rien[5] de tout ce qu'il savait à ses frères. Ils allèrent dans une forêt fort épaisse, où à dix pas de distance on ne se voyait pas l'un l'autre. Le Bûcheron se mit à couper du bois et ses enfants

1. **Les mener perdre** : les abandonner.
2. **Fagoter** : faire des fagots de bois, assembler des tas de branches ensemble.
3. **Ouït** : écouta.
4. **Escabelle** : tabouret.
5. **Ne découvrit rien** : ne révéla rien.

à ramasser les broutilles[1] pour faire des fagots. Le père et la mère, les voyant occupés à travailler, s'éloignèrent d'eux insensiblement, et puis s'enfuirent tout à coup par un petit sentier détourné.

Lorsque ces enfants se virent seuls, ils se mirent à crier et à pleurer de toute leur force. Le petit Poucet les laissait crier, sachant bien par où il reviendrait à la maison ; car en marchant il avait laissé tomber le long du chemin les petits cailloux blancs qu'il avait dans ses poches. Il leur dit donc :

« Ne craignez point, mes frères ; mon Père et ma Mère nous ont laissés ici, mais je vous ramènerai bien au logis suivez-moi seulement. »

Ils le suivirent, et il les mena jusqu'à leur maison par le même chemin qu'ils étaient venus dans la forêt. Ils n'osèrent d'abord entrer, mais ils se mirent tous contre la porte pour écouter ce que disaient leur Père et leur Mère.

Dans le moment que le Bûcheron et la Bûcheronne arrivèrent chez eux, le Seigneur du Village leur envoya dix écus qu'il leur devait il y avait longtemps, et dont ils n'espéraient plus rien. Cela leur redonna la vie, car les pauvres gens mouraient de faim. Le Bûcheron envoya sur l'heure sa femme à la Boucherie. Comme il y avait longtemps qu'elle n'avait mangé, elle acheta trois fois plus de viande qu'il n'en fallait pour le souper de deux personnes. Lorsqu'ils furent rassasiés, la Bûcheronne dit :

« Hélas ! où sont maintenant nos pauvres enfants ? Ils feraient bonne chère[2] de ce qui nous reste là. Mais aussi,

---

1. **Broutilles** : petites branches.
2. **Ils feraient bonne chère** : ils feraient un bon repas.

Guillaume, c'est toi qui les as voulu perdre ; j'avais bien dit que nous nous en repentirions. Que font-ils maintenant dans cette Forêt ? Hélas ! mon Dieu, les Loups les ont peut-être déjà mangés ! Tu es bien inhumain d'avoir perdu ainsi tes enfants. »

Le Bûcheron s'impatienta à la fin, car elle redit plus de vingt fois qu'ils s'en repentiraient et qu'elle l'avait bien dit. Il la menaça de la battre si elle ne se taisait. Ce n'est pas que le Bûcheron ne fût peut-être encore plus fâché que sa femme, mais c'est qu'elle lui rompait la tête[1], et qu'il était de l'humeur de beaucoup d'autres gens, qui aiment fort les femmes qui disent bien, mais qui trouvent très importunes[2] celles qui ont toujours bien dit.

La Bûcheronne était toute en pleurs :

« Hélas ! où sont maintenant mes enfants, mes pauvres enfants ? »

Elle le dit une fois si haut que les enfants qui étaient à la porte, l'ayant entendu, se mirent à crier tous ensemble :

« Nous voilà, nous voilà. »

Elle courut vite leur ouvrir la porte, et leur dit en les embrassant :

« Que je suis aise de vous revoir, mes chers enfants ! Vous êtes bien las, et vous avez bien faim ; et toi Pierrot, comme te voilà crotté, viens que je te débarbouille. »

Ce Pierrot était son fils aîné qu'elle aimait plus que tous les autres, parce qu'il était un peu rousseau, et qu'elle était un peu rousse.

Ils se mirent à Table, et mangèrent d'un appétit qui faisait plaisir au Père et à la Mère, à qui ils racontaient la

---

1. **Rompait la tête** : fatiguait, ennuyait.
2. **Importunes** : agaçantes.

peur qu'ils avaient eue dans la Forêt en parlant presque toujours tous ensemble. Ces bonnes gens étaient ravis de revoir leurs enfants avec eux, et cette joie dura tant que les dix écus durèrent.

Mais lorsque l'argent fut dépensé, ils retombèrent dans leur premier chagrin, et résolurent de les perdre encore, et pour ne pas manquer leur coup, de les mener bien plus loin que la première fois. Ils ne purent parler de cela si secrètement qu'ils ne fussent entendus par le petit Poucet, qui fit son compte de[1] sortir d'affaire comme il avait déjà fait; mais quoiqu'il se fût levé de bon matin pour aller ramasser des petits cailloux, il ne put en venir à bout, car il trouva la porte de la maison fermée à double tour. Il ne savait que faire, lorsque la Bûcheronne leur ayant donné à chacun un morceau de pain pour leur déjeuner, il songea qu'il pourrait se servir de son pain au lieu de cailloux en le jetant par miettes le long des chemins où ils passeraient; il le serra donc dans sa poche.

Le Père et la Mère les menèrent dans l'endroit de la Forêt le plus épais et le plus obscur, et dès qu'ils y furent, ils gagnèrent un faux-fuyant[2] et les laissèrent là. Le petit Poucet ne s'en chagrina pas beaucoup, parce qu'il croyait retrouver aisément son chemin par le moyen de son pain qu'il avait semé partout où il avait passé; mais il fut bien surpris lorsqu'il ne put en retrouver une seule miette, les Oiseaux étaient venus qui avaient tout mangé. Les voilà donc bien affligés, car plus ils marchaient, plus ils s'égaraient et s'enfonçaient dans la Forêt.

---

1. **Fit son compte de** : eut l'intention de.
2. **Ils gagnèrent un faux-fuyant** : ils rejoignirent un chemin écarté.

La nuit vint, et il s'éleva un grand vent qui leur faisait des peurs épouvantables. Ils croyaient n'entendre de tous côtés que des hurlements de Loups qui venaient à eux pour les manger. Ils n'osaient presque se parler ni tourner la tête. Il survint une grosse pluie qui les perça jusqu'aux os ; ils glissaient à chaque pas et tombaient dans la boue, d'où ils se relevaient tout crottés, ne sachant que faire de leurs mains.

Le petit Poucet grimpa au haut d'un Arbre pour voir s'il ne découvrirait rien ; ayant tourné la tête de tous côtés, il vit une petite lueur comme d'une chandelle, mais qui était bien loin par-delà la Forêt. Il descendit de l'arbre, et lorsqu'il fut à terre, il ne vit plus rien ; cela le désola. Cependant, ayant marché quelque temps avec ses frères du côté qu'il avait vu la lumière, il la revit en sortant du Bois. Ils arrivèrent enfin à la maison où était cette chandelle, non sans bien des frayeurs, car souvent ils la perdaient de vue, ce qui leur arrivait toutes les fois qu'ils descendaient dans quelques fonds[1]. Ils heurtèrent à la porte, et une bonne femme vint leur ouvrir. Elle leur demanda ce qu'ils voulaient ; le petit Poucet lui dit qu'ils étaient de pauvres enfants qui s'étaient perdus dans la Forêt, et qui demandaient à coucher par charité.

Cette femme les voyant tous si jolis se mit à pleurer, et leur dit :

« Hélas ! mes pauvres enfants, où êtes-vous venus ? Savez-vous bien que c'est ici la maison d'un Ogre qui mange les petits enfants ?

– Hélas ! Madame, lui répondit le petit Poucet, qui tremblait de toute sa force aussi bien que ses frères, que ferons-nous ?

---

1. **Fonds** : fossés.

Il est bien sûr que les Loups de la Forêt ne manqueront pas de nous manger cette nuit, si vous ne voulez pas nous retirer[1] chez vous. Et cela étant, nous aimons mieux que ce soit Monsieur qui nous mange ; peut-être qu'il aura pitié de nous, si vous voulez bien l'en prier. »

La femme de l'Ogre qui crut qu'elle pourrait les cacher à son mari jusqu'au lendemain matin, les laissa entrer et les mena se chauffer auprès d'un bon feu ; car il y avait un Mouton tout entier à la broche pour le souper de l'Ogre. Comme ils commençaient à se chauffer, ils entendirent heurter trois ou quatre grands coups à la porte : c'était l'Ogre qui revenait. Aussitôt sa femme les fit cacher sous le lit et alla ouvrir la porte.

L'Ogre demanda d'abord si le souper était prêt, et si on avait tiré du vin, et aussitôt se mit à table. Le Mouton était encore tout sanglant, mais il ne lui en sembla que meilleur. Il fleurait[2] à droite et à gauche, disant qu'il sentait la chair fraîche.

« Il faut, lui dit sa femme, que ce soit ce Veau que je viens d'habiller[3] que vous sentez.

– Je sens la chair fraîche, te dis-je encore une fois, reprit l'Ogre, en regardant sa femme de travers, et il y a ici quelque chose que je n'entends pas[4]. »

En disant ces mots, il se leva de Table, et alla droit au lit.

« Ah, dit-il, voilà donc comme tu veux me tromper, maudite femme ! Je ne sais à quoi il tient que je ne te mange aussi ; bien t'en prend d'être une vieille bête. Voilà du Gibier qui

---

1. **Nous retirer** : nous mettre à l'abri.
2. **Fleurait** : flairait.
3. **Ce veau que je viens d'habiller** : ce veau que je viens de préparer pour le faire cuire.
4. **Je n'entends pas** : je ne comprends pas.

me vient bien à propos pour traiter[1] trois Ogres de mes amis qui doivent me venir voir ces jours ici. »

Il les tira de dessous le lit l'un après l'autre. Ces pauvres enfants se mirent à genoux en lui demandant pardon ; mais ils avaient à faire au plus cruel de tous les Ogres, qui bien loin d'avoir de la pitié les dévorait déjà des yeux, et disait à sa femme que ce serait là de friands[2] morceaux lorsqu'elle leur aurait fait une bonne sauce. Il alla prendre un grand Couteau, et en approchant de ces pauvres enfants, il l'aiguisait sur une longue pierre qu'il tenait à sa main gauche. Il en avait déjà empoigné un, lorsque sa femme lui dit :

« Que voulez-vous faire à l'heure qu'il est? n'aurez-vous pas assez de temps demain matin ?

– Tais-toi, reprit l'Ogre, ils en seront plus mortifiés[3].

– Mais vous avez encore là tant de viande, reprit sa femme ; voilà un Veau, deux Moutons et la moitié d'un Cochon !

– Tu as raison, dit l'Ogre ; donne-leur bien à souper, afin qu'ils ne maigrissent pas, et va les mener coucher. »

La bonne femme fut ravie de joie, et leur porta bien à souper, mais ils ne purent manger tant ils étaient saisis de peur. Pour l'Ogre, il se remit à boire, ravi d'avoir de quoi si bien régaler ses Amis. Il but une douzaine de coups plus qu'à l'ordinaire, ce qui lui donna un peu dans la tête[4], et l'obligea de s'aller coucher.

L'Ogre avait sept filles, qui n'étaient encore que des enfants. Ces petites Ogresses avaient toutes le teint fort beau, parce qu'elles mangeaient de la chair fraîche comme leur

1. **Traiter** : recevoir à dîner.
2. **Friands** : exquis, succulents.
3. **Plus mortifiés** : plus tendres.
4. **Lui donna un peu dans la tête** : lui monta légèrement à la tête.

père ; mais elles avaient de petits yeux gris et tout ronds, le nez crochu et une fort grande bouche avec de longues dents fort aiguës et fort éloignées l'une de l'autre. Elles n'étaient pas encore fort méchantes, mais elles promettaient beaucoup, car elles mordaient déjà les petits enfants pour en sucer le sang.

On les avait fait coucher de bonne heure, et elles étaient toutes sept dans un grand lit, ayant chacune une Couronne d'or sur la tête. Il y avait dans la même Chambre un autre lit de la même grandeur ; ce fut dans ce lit que la femme de l'Ogre mit coucher les sept petits garçons ; après quoi, elle s'alla coucher auprès de son mari.

Le petit Poucet qui avait remarqué que les filles de l'Ogre avaient des Couronnes d'or sur la tête, et qui craignait qu'il ne prît à l'Ogre quelque remords de ne les avoir pas égorgés dès le soir même, se leva vers le milieu de la nuit, et prenant les bonnets de ses frères et le sien, il alla tout doucement les mettre sur la tête des sept filles de l'Ogre, après leur avoir ôté leurs Couronnes d'or qu'il mit sur la tête de ses frères et sur la sienne, afin que l'Ogre les prît pour ses filles, et ses filles pour les garçons qu'il voulait égorger. La chose réussit comme il l'avait pensé ; car l'Ogre s'étant éveillé sur le minuit eut regret d'avoir différé au lendemain ce qu'il pouvait exécuter la veille ; il se jeta donc brusquement hors du lit, et prenant son grand Couteau :

« Allons voir, dit-il, comment se portent nos petits drôles ; n'en faisons pas à deux fois[1]. »

Il monta donc à tâtons à la Chambre de ses filles et s'approcha du lit où étaient les petits garçons, qui dormaient

1. **N'en faisons pas à deux fois** : ne perdons pas de temps.

tous, excepté le petit Poucet, qui eut bien peur lorsqu'il sentit la main de l'Ogre qui lui tâtait la tête, comme il avait tâté celles de tous ses frères. L'Ogre, qui sentit les Couronnes d'or :

« Vraiment, dit-il, j'allais faire là un bel ouvrage ; je vois bien que je bus trop hier au soir. »

Il alla ensuite au lit de ses filles, où ayant senti les petits bonnets des garçons :

« Ah ! les voilà, dit-il, nos gaillards ! travaillons hardiment. »

En disant ces mots, il coupa sans balancer[1] la gorge à ses sept filles. Fort content de cette expédition, il alla se recoucher auprès de sa femme.

Aussitôt que le petit Poucet entendit ronfler l'Ogre, il réveilla ses frères, et leur dit de s'habiller promptement et de le suivre. Ils descendirent doucement dans le Jardin, et sautèrent par-dessus les murailles. Ils coururent presque toute la nuit, toujours en tremblant et sans savoir où ils allaient.

L'Ogre s'étant éveillé dit à sa femme :

« Va-t'en là-haut habiller[2] ces petits drôles d'hier au soir. »

L'Ogresse fut fort étonnée de la bonté de son mari, ne se doutant point de la manière qu'il entendait qu'elle les habillât, et croyant qu'il lui ordonnait de les aller vêtir, elle monta en haut où elle fut bien surprise lorsqu'elle aperçut ses sept filles égorgées et nageant dans leur sang.

Elle commença par s'évanouir (car c'est le premier expédient[3] que trouvent presque toutes les femmes en pareilles

1. **Sans balancer** : sans hésiter.
2. L'ogre joue sur les deux sens du verbe « habiller » : vêtir et préparer un animal pour le faire cuire.
3. **Expédient** : moyen.

rencontres[1]). L'Ogre, craignant que sa femme ne fût trop longtemps à faire la besogne dont il l'avait chargée, monta en haut pour lui aider. Il ne fut pas moins étonné que sa femme lorsqu'il vit cet affreux spectacle.

« Ah ! qu'ai-je fait là ? s'écria-t-il. Ils me le payeront, les malheureux, et tout à l'heure[2]. »

Il jeta aussitôt une potée[3] d'eau dans le nez de sa femme et l'ayant fait revenir :

« Donne-moi vite mes bottes de sept lieues, lui dit-il, afin que j'aille les attraper. »

Il se mit en campagne, et après avoir couru bien loin de tous côtés, enfin il entra dans le chemin où marchaient ces pauvres enfants qui n'étaient plus qu'à cent pas du logis de leur père. Ils virent l'Ogre qui allait de montagne en montagne, et qui traversait des rivières aussi aisément qu'il aurait fait le moindre ruisseau. Le petit Poucet, qui vit un Rocher creux proche le lieu où ils étaient, y fit cacher ses six frères, et s'y fourra aussi, regardant toujours ce que l'Ogre deviendrait.

L'Ogre qui se trouvait fort las du long chemin qu'il avait fait inutilement (car les bottes de sept lieues fatiguent fort leur homme), voulut se reposer, et par hasard il alla s'asseoir sur la roche où les petits garçons s'étaient cachés. Comme il n'en pouvait plus de fatigue, il s'endormit après s'être reposé quelque temps, et vint à ronfler si effroyablement que les pauvres enfants n'en eurent pas moins de peur que quand il tenait son grand Couteau pour leur couper la gorge. Le petit Poucet en eut moins de peur, et dit à ses

1. **En pareilles rencontres** : en pareilles circonstances.
2. **Tout à l'heure** : tout de suite.
3. **Potée** : pot.

frères de s'enfuir promptement à la maison pendant que l'Ogre dormait bien fort, et qu'ils ne se missent point en peine de lui[1]. Ils crurent son conseil, et gagnèrent vite la maison.

Le petit Poucet s'étant approché de l'Ogre lui tira doucement ses bottes, et les mit aussitôt. Les bottes étaient fort grandes et fort larges; mais comme elles étaient Fées[2], elles avaient le don de s'agrandir et de s'apetisser selon la jambe de celui qui les chaussait, de sorte qu'elles se trouvèrent aussi justes à ses pieds et à ses jambes que si elles avaient été faites pour lui.

Il alla droit à la maison de l'Ogre où il trouva sa femme qui pleurait auprès de ses filles égorgées.

« Votre mari, lui dit le petit Poucet, est en grand danger, car il a été pris par une troupe de Voleurs qui ont juré de le tuer s'il ne leur donne tout son or et tout son argent. Dans le moment qu'ils lui tenaient le poignard sur la gorge, il m'a aperçu et m'a prié de vous venir avertir de l'état où il est, et de vous dire de me donner tout ce qu'il a vaillant[3] sans en rien retenir, parce que autrement ils le tueront sans miséricorde. Comme la chose presse beaucoup, il a voulu que je prisse ses bottes de sept lieues que voilà pour faire diligence[4], et aussi afin que vous ne croyiez pas que je sois un affronteur[5]. »

La bonne femme fort effrayée lui donna aussitôt tout ce qu'elle avait : car cet Ogre ne laissait pas[6] d'être fort bon mari,

---

1. **Qu'ils ne se missent point en peine de lui** : de ne pas s'inquiéter pour lui.
2. **Elles étaient fées** : elles étaient magiques.
3. **Ce qu'il a vaillant** : ce qu'il a de précieux.
4. **Faire diligence** : faire vite.
5. **Un affronteur** : un menteur.
6. **Ne laissait pas** : ne manquait pas.

quoiqu'il mangeât les petits enfants. Le petit Poucet étant donc chargé de toutes les richesses de l'Ogre s'en revint au logis de son père, où il fut reçu avec bien de la joie.

Il y a bien des gens qui ne demeurent pas d'accord de cette dernière circonstance, et qui prétendent que le petit Poucet n'a jamais fait ce vol à l'Ogre ; qu'à la vérité, il n'avait pas fait conscience de[1] lui prendre ses bottes de sept lieues, parce qu'il ne s'en servait que pour courir après les petits enfants.

Ces gens-là assurent le savoir de bonne part[2], et même pour avoir bu et mangé dans la maison du Bûcheron. Ils assurent que lorsque le petit Poucet eut chaussé les bottes de l'Ogre, il s'en alla à la Cour, où il savait qu'on était fort en peine d'une Armée qui était à deux cents lieues de là, et du succès d'une Bataille qu'on avait donnée. Il alla, disent-ils, trouver le Roi, et lui dit que s'il le souhaitait, il lui rapporterait des nouvelles de l'Armée avant la fin du jour. Le Roi lui promit une grosse somme d'argent s'il en venait à bout. Le petit Poucet rapporta des nouvelles dès le soir même, et cette première course l'ayant fait connaître, il gagnait tout ce qu'il voulait ; car le Roi le payait parfaitement bien pour porter ses ordres à l'Armée, et une infinité de Dames lui donnaient tout ce qu'il voulait pour avoir des nouvelles de leurs Amants, et ce fut là son plus grand gain.

Il se trouvait quelques femmes qui le chargeaient de Lettres pour leurs maris, mais elles le payaient si mal, et cela allait à si peu de chose[3], qu'il ne daignait mettre en ligne de compte ce qu'il gagnait de ce côté-là.

---

1. **N'avait pas fait conscience de** : n'avait eu aucun remords à.
2. **De bonne part** : de source sûre.
3. **Cela allait à si peu de chose** : cela représentait si peu d'argent.

Après avoir fait pendant quelque temps le métier de courrier, et y avoir amassé beaucoup de bien, il revint chez son père, où il n'est pas possible d'imaginer la joie qu'on eut de le revoir. Il mit toute sa famille à son aise. Il acheta des Offices[1] de nouvelle création pour son père et pour ses frères ; et par là il les établit[2] tous, et fit parfaitement bien sa Cour en même temps.

## Moralité

*On ne s'afflige point d'avoir beaucoup d'enfants,*
*Quand ils sont tous beaux, bien faits et bien grands,*
*Et d'un extérieur qui brille ;*
*Mais si l'un d'eux est faible ou ne dit mot,*
*On le méprise, on le raille, on le pille*[3] *;*
*Quelquefois cependant c'est ce petit marmot*[4]
*Qui fera le bonheur de toute la famille.*

1. **Offices** : charges, emplois.
2. **Il les établit** : il leur procura un emploi.
3. **On le pille** : on dit du mal de lui.
4. **Marmot** : petit garçon.

# Arrêt sur lecture 4

## Un quiz pour commencer

***Cochez les bonnes réponses.***

❶ *Combien le bûcheron et sa femme ont-ils d'enfants ?*

- ☒ Sept garçons.
- ☐ Sept garçons et sept filles.
- ☐ Trois filles et quatre garçons.

❷ *Quels sont les traits de caractère du petit Poucet ?*

- ☐ Il est joyeux, bavard et malin.
- ☐ Il est bruyant, colérique et autoritaire.
- ☒ Il est discret, attentif et intelligent.

❸ *Pourquoi le bûcheron et sa femme se séparent-ils de leurs enfants ?*

- ☐ Ils ne supportent plus les cris de leurs enfants.
- ☒ Ils n'arrivent plus à nourrir leurs enfants.
- ☐ Ils ne veulent plus jouer avec leurs enfants.

❹ ***Que sème le petit Poucet pour retrouver son chemin ?***

■ Des cailloux blancs, puis des miettes de pain.
☐ Des cailloux blancs, puis des pommes de pin.
☐ Des cailloux blancs, puis des aiguilles de pin.

❺ ***Qu'achètent les parents du petit Poucet après avoir reçu les dix écus du seigneur ?***

☐ Des habits.
■ De la viande.
☐ Des couvertures.

❻ ***Que portent les filles de l'ogre sur leur tête ?***

☐ Des bonnets en laine.
☐ Des chapeaux de paille.
■ Des couronnes d'or.

❼ ***Pourquoi l'ogre égorge-t-il ses propres filles ?***

■ Parce qu'il les confond avec le petit Poucet et ses frères.
☐ Parce qu'il ne peut plus supporter leurs bavardages.
☐ Parce qu'il veut les manger.

❽ ***Quel objet magique l'ogre possède-t-il ?***

☐ Un tapis volant.
☐ Une cape.
■ Des bottes de sept lieues.

❾ ***Parmi ces vers de La Fontaine, lequel se rapproche le plus de la moralité de ce conte ?***

☐ « Rien ne sert de courir ; il faut partir à point » (« Le Lièvre et la Tortue »).
■ « On a souvent besoin d'un plus petit que soi » (« Le Lion et le Rat »).
☐ « La raison du plus fort est toujours la meilleure » (« Le Loup et l'Agneau »).

# Des questions pour aller plus loin

## Analyser la représentation de la société

### Misère et famine

❶ Pourquoi le couple de bûcherons décide-t-il d'abandonner ses enfants ?
❷ Que signifie le mot « famine » (p. 65, l. 18) ? Donnez deux mots de la même famille et employez-les dans une phrase de votre invention.
❸ Quelle circonstance assure au bûcheron et à sa femme une rentrée d'argent inattendue ? Que pensez-vous de l'usage qu'ils font de cet argent ?
❹ Cherchez le mot « chère » (p. 67, l. 74) dans le dictionnaire. Quelle est son origine ? Quel est le sens de l'expression « faire bonne chère » ?
❺ Relevez le champ lexical de la cuisine dans les lignes 166-189, p. 71-72. Expliquez l'emploi de ce champ lexical à ce moment du récit.
❻ Relisez les lignes 312-322, p. 76. Le mensonge inventé par le petit Poucet est-il réaliste ? Quelle image donne-t-il au lecteur de la société de l'époque ?

### Ruser pour survivre

❼ Comment le petit Poucet apprend-il le terrible projet de ses parents ? Quel trait de caractère du petit Poucet cette ruse illustre-t-elle ?
❽ Quels sont les différents stratagèmes mis en place par le petit Poucet pour surmonter les épreuves qu'il rencontre tout au long du récit ? Expliquez chacun d'eux avec précision.

❾ D'après son comportement dans le conte, quel est le caractère du petit Poucet ?
❿ Quelles sont les deux versions de la fin de l'histoire du petit Poucet ? D'après vous, laquelle donne la meilleure image du personnage ?
⓫ Quel est le sens du mot « cour » dans la phrase « il s'en alla à la cour » (p. 77, l. 337) ? Quel est le sens de l'expression « faire sa cour » (p. 78, l. 359) ? À l'aide d'un dictionnaire, donnez un autre mot de la même famille.
⓬ Grâce à quelle activité le petit Poucet gagne-t-il de l'argent ? Relevez les mots et les expressions appartenant au champ lexical de l'argent dans les lignes 341 à 352, p. 77.

## L'ascension sociale du petit Poucet

⓭ Quelle est la condition sociale du couple de bûcherons ? Pour quelle raison les enfants représentent-ils une charge pour eux ?
⓮ Relevez tous les emplois du mot « pauvre » dans le deuxième paragraphe du conte et précisez son sens dans chacun des cas.
⓯ À quels détails voit-on que l'ogre et sa femme ont des conditions de vie supérieures à celles du bûcheron et de sa famille ?
⓰ Que portent les sept filles de l'ogre sur la tête ? Que portent le petit Poucet et ses frères ? Que symbolise cette différence vestimentaire ?
⓱ L'ogre et sa femme sont-ils des adjuvants ou des opposants du petit Poucet ?
⓲ Quelle est la situation du petit Poucet à la fin du récit ? De quelle nouvelle qualité fait-il alors preuve ?

*Rappelez-vous !*
Les contes mettent souvent en scène des personnages issus du peuple, de condition sociale modeste. Certains de ces personnages, les « gentils », connaissent une ascension sociale qui, à la fin du récit, vient en quelque sorte les récompenser pour leurs bonnes actions.

# De la lecture à l'écriture

## *Des mots pour mieux écrire*

❶ ***Complétez les phrases à l'aide des mots suivants appartenant au lexique de la faim et accordez-les ou conjuguez-les correctement :*** famélique, coupe-faim, famine, affamer, crève-la-faim.

**a.** En raison de la _________, le bûcheron et sa femme ont été contraints d'abandonner leurs enfants.

**b.** Le petit Poucet et ses frères n'étaient pas assez nourris : ils avaient une allure _________ .

**c.** Ces pauvres diables avaient vraiment l'air de _________ .

**d.** Au retour de la forêt, le bûcheron et sa femme, _________, ont dévoré deux gros morceaux de viande.

**e.** La pomme verte qu'il a croquée pour son goûter lui a fait l'effet d'un _________ .

❷ ***Trouvez les antonymes des mots suivants :*** malheureux, mécontent, insatisfaction, déplaisir, tristesse.

# À vous d'écrire

❶ « Après avoir fait pendant quelque temps le métier de courrier, et y avoir amassé beaucoup de bien, il revint chez son père, où il n'est pas possible d'imaginer la joie qu'on eut de le revoir » (p. 78, l. 353-356). À vous d'imaginer cette scène de joyeuses retrouvailles !

***Consigne.*** Vous introduirez au sein de votre récit un dialogue entre le petit Poucet et son père, et vous utiliserez le champ lexical de la joie.

❷ Vous faites l'acquisition d'une paire de bottes de sept lieues. Comment allez-vous les utiliser ?

***Consigne.*** Votre récit sera mené à la première personne du singulier. Vous emploierez le futur de l'indicatif.

❸ À la fin du conte, le petit Poucet travaille à la cour du roi, où il exerce le métier de messager. Imaginez la lettre qu'il écrit à l'un de ses frères pour lui raconter sa nouvelle vie.

***Consigne.*** Vous utiliserez les informations contenues dans « Le Petit Poucet », et vous veillerez à respecter la présentation d'une lettre (destinataire, lieu et date, formule d'appel et formule finale).

# Du texte à l'image

➡ **Gustave Doré, détail d'une gravure pour « Le Petit Poucet », 1862. (Image reproduite en couverture.)**

## *Lire l'image*

❶ Décrivez la scène avec précision (lieu, personnages, action).
❷ Quel élément situe d'emblée cette image dans le registre merveilleux ?
❸ À quoi voit-on que cette image illustre un texte du XVII$^{e}$ siècle ?

## *Comparer le texte et l'image*

❹ Quelle scène du « Petit Poucet » cette image illustre-t-elle ? Retrouvez dans le texte le passage exact et relevez une indication sur les précautions prises par le petit Poucet à ce moment-là.
❺ Où se trouve le petit Poucet à ce moment du conte ? Quels éléments de l'image vous permettent de reconnaître cet endroit ?

## *À vous de créer*

❻ Imaginez les pensées du petit Poucet sous forme d'un texte à la première personne du singulier.
❼ Cette image représente un détail d'une gravure de Gustave Doré. Imaginez le reste de l'illustration. Reproduisez sur une feuille l'image représentée et complétez-la en respectant les indications présentes dans le texte de Perrault.

# Arrêt sur l'œuvre

## Des questions sur l'ensemble des contes

### Un monde de merveilles

❶ La formule « il était une fois » est-elle présente au début de chaque conte du recueil ? Comment pouvez-vous caractériser le cadre spatio-temporel du conte ?
❷ Classez les éléments merveilleux présents dans les contes de ce volume en trois catégories : personnages, objets magiques, faits surnaturels. Dans quel conte les éléments merveilleux sont-ils les plus nombreux ?

### Un univers hostile

❸ La forêt est un lieu important dans trois des contes que vous venez de lire. Quels sont ces contes ? La forêt y est-elle présentée comme un lieu accueillant ou hostile ?
❹ L'ogre est un personnage qui apparaît souvent dans les contes. Recensez tous les ogres (ou ogresses) présents dans les textes de

ce volume. Quel autre personnage peut-on rapprocher de l'ogre? Pourquoi?

❺ En quoi peut-on dire que le monde des contes est un univers hostile?

## La mise à l'épreuve des héros

❻ Comparez l'évolution des héros de chaque conte. Pour cela, faites un tableau avec trois colonnes : dans la colonne de gauche, indiquez quelle est la situation du héros au début du récit; dans la colonne du milieu, précisez quelle est la situation du personnage à la fin du récit; dans la colonne de droite, caractérisez l'évolution du personnage en disant si elle est positive ou négative.

❼ Selon vous, quel est le personnage dont l'évolution est la plus exceptionnelle? Pourquoi?

❽ À quoi servent les épreuves pour les personnages de conte? Quel enseignement le lecteur peut-il en tirer?

## La lecture d'un conte : du divertissement à l'enseignement

❾ En quoi peut-on dire que les contes de ce recueil offrent au lecteur non seulement un divertissement, mais aussi un enseignement?

❿ Relisez les différentes moralités des quatre contes du recueil et résumez chacune d'elles en une phrase.

⓫ Quels sont les deux héros que le narrateur présente comme des exemples dans les moralités? Pourquoi le narrateur ne désigne-t-il pas les autres héros comme des exemples à imiter?

# Des mots pour mieux écrire

## Lexique du merveilleux

**Don** : qualité accordée par une fée à un enfant.
**Dragon** : monstre fabuleux représenté le plus souvent avec une queue de reptile, des ailes d'aigle et des griffes de lion.
**Enchantement** : opération magique qui consiste à soumettre une personne à un charme.
**Fée** : personnage féminin doté de pouvoirs magiques et capable d'influencer la destinée des humains.
**Malédiction** : formule magique utilisée à l'encontre d'une personne dans le but de lui apporter le malheur (maladie, mort).
**Ogre, ogresse** : géant(e) avide de chair fraîche, en particulier celle des petits enfants.
**Prédiction** : fait d'annoncer, sans preuves rationnelles, qu'un événement va se produire.

## *Mots croisés*

Tous les mots à placer dans cette grille simplifiée se trouvent dans le lexique du merveilleux.

### Horizontalement

**1.** Crache souvent du feu
**2.** Clochette ou Carabosse
**3.** Opération magique

### Verticalement

**A.** Parole annonçant un événement futur
**B.** Géante à l'aspect effrayant
**C.** La Belle au bois dormant en a reçu sept le jour de son baptême

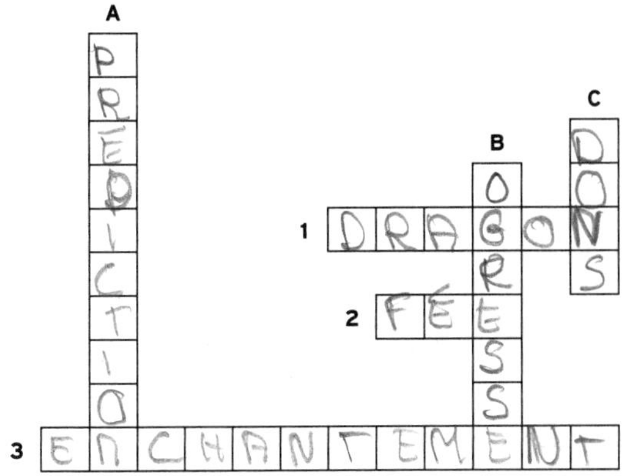


## Lexique des métiers d'autrefois

**Aumônier** : ecclésiastique attaché à la maison d'un grand personnage, chargé d'assurer le service religieux de sa chapelle.
**Bûcheron** : personne qui abat les arbres d'une forêt et les coupe en bûches.
**Courrier** : celui qui porte les lettres à leurs destinataires.
**Femme de chambre** : domestique chargée du service personnel de la (ou des) femme(s) d'une famille, ainsi que du service intérieur de la maison.
**Maître d'hôtel** : personne qui dirige le service des repas, chez un particulier ou dans un restaurant.
**Marmiton** : apprenti cuisinier.
**Meunier** : celui qui fabrique de la farine en utilisant un moulin.
**Moissonneur** : celui qui moissonne, qui coupe les blés.
**Palefrenier** : garçon d'écurie chargé du soin des chevaux.

***Complétez les phrases suivantes à l'aide des mots du lexique des métiers d'autrefois (p. 89) et accordez-les correctement :***

**a.** L'été, on peut voir des _________ au travail dans les champs de blé.

**b.** Une fois le blé coupé, il est envoyé chez le _________ qui est chargé d'en faire de la farine.

**c.** Les _________ donnent à manger aux chevaux.

**d.** En toute saison, on peut croiser dans les bois des _________ à l'ouvrage.

# À vous de créer

## ❶ *Réaliser les illustrations d'un conte*

De nombreux artistes ont illustré les contes de Perrault. Gustave Doré (1832-1883) a ainsi réalisé quarante gravures pour une édition de luxe des *Contes* publiée en 1862. Dans ces images, Gustave Doré interprète les contes à sa manière et s'attache à certains détails du récit (voir par exemple la gravure reproduite en couverture).

À vous de réaliser trois illustrations pour un des quatre contes de ce recueil.
– Relisez le conte que vous avez préféré.
– Choisissez les trois scènes que vous voulez illustrer.
– Utilisez le matériel de votre choix (peinture, feutres, pastels, crayons de couleur).

Vous choisirez une phrase du texte de Perrault que vous placerez en bas de chacune de vos illustrations, en guise de légende.

## ❷ *Devenir conteur*

À l'origine, les contes sont des histoires racontées à l'oral. Ces récits se sont ainsi transmis de génération en génération, évoluant au fil de leurs interprètes. En effet, le conteur pouvait improviser et modifier à sa guise certains détails du récit, ce qui explique qu'il existe parfois plusieurs versions d'une même histoire.

À vous de revenir aux origines du conte en racontant une histoire à vos camarades. Lisez d'autres contes (voir les « Fenêtres sur... », p. 120) et choisissez-en un.

Pour réussir votre prestation orale, vous devez vous préparer avec soin :
– Lisez plusieurs fois le conte retenu afin d'en mémoriser l'histoire.
– Sur une feuille, reconstituez le schéma narratif de votre conte (situation initiale, élément perturbateur, péripéties, élément de résolution, situation finale).
– Entraînez-vous à raconter cette histoire à voix haute, sans lire le texte (vous pouvez vous exercer devant vos parents, votre famille, vos amis, etc.). Vous pouvez supprimer certains détails, en rajouter d'autres de votre invention, mais vous devez respecter le schéma narratif (vous pouvez garder votre feuille sous les yeux pour vous aider).
– Racontez votre histoire devant vos camarades. Veillez à parler à haute et intelligible voix. Pensez à ménager des pauses dans votre récit pour créer du suspense. Soyez le plus expressif possible afin de maintenir l'intérêt de votre auditoire.

# Groupements de textes

## Petits Poucets d'hier et d'aujourd'hui

### Les frères Grimm, « Jeannot et Margot »

**Jacob (1785-1863) et Wilhelm Grimm (1786-1859) sont deux linguistes allemands qui ont recueilli et transcrit de nombreux contes et légendes germaniques. Ils ont publié ces récits en 1812 et en 1815. L'histoire de « Jeannot et Margot » (« Hänsel et Gretel » en allemand) présente de nombreux points communs avec celle du « Petit Poucet ». Comme les enfants du texte de Perrault, Jeannot et Margot sont abandonnés dans la forêt par leurs parents.**

Quand ils eurent marché un petit bout de temps, Jeannot s'arrêta, se retourna pour voir du côté de la maison et tout le temps recommença ce manège. Le père dit :

« Jeannot, qu'as-tu à lorgner et à rester en arrière ? Fais attention et n'oublie pas tes jambes.

– Ah ! père, dit Jeannot, je regarde mon chaton blanc, il est perché sur le toit et veut me dire adieu. »

La femme dit :

« Petit sot, ce n'est pas ton chaton, c'est le soleil du matin qui brille sur la cheminée. »

Cependant Jeannot n'avait pas regardé son petit chat, mais chaque fois il avait jeté sur le chemin un des petits cailloux blancs de sa poche.

Quand ils furent arrivés en pleine forêt, le père dit :

« Maintenant, ramassez du bois, mes enfants, je vais faire du feu pour que vous n'ayez pas froid. »

Jeannot et Margot ramassèrent du petit bois et en firent un tas haut comme une petite montagne. Le fagot fut allumé et, quand la flamme brûla bien haut, la femme dit :

« Maintenant couchez-vous auprès du feu, mes enfants, et reposez-vous, nous allons dans la forêt abattre du bois. Quand nous aurons fini, nous reviendrons vous chercher. »

Jeannot et Margot restèrent assis auprès du feu et, quand vint midi, ils mangèrent chacun leur petit bout de pain. Et comme ils entendaient les coups de la cognée[1], ils croyaient que leur père était dans le voisinage. Mais ce n'était pas la cognée, c'était une branche que leur père avait attachée à un arbre mort et que le vent battait de-ci de-là. Et, quand ils furent restés ainsi longtemps, leurs yeux se fermèrent de fatigue et ils s'endormirent profondément. Lorsqu'ils se réveillèrent enfin, il faisait déjà nuit noire. Margot se mit à pleurer et dit :

« Comment allons-nous sortir du bois à présent ? »

Mais Jeannot la consola :

« Attends un petit moment que la lune soit levée, alors nous trouverons bien notre chemin. »

Et, quand la pleine lune fut levée, Jeannot prit sa petite sœur par la main et suivit les cailloux qui luisaient comme des sous nouvellement frappés et leur montraient le chemin. Ils marchèrent toute la nuit et arrivèrent à la maison de leur père au lever du jour. Ils frappèrent à la porte et, quand la femme ouvrit et vit que c'était Jeannot et Margot, elle dit :

« Méchants enfants, pourquoi avez-vous dormi si longtemps dans la forêt, nous avons cru que vous ne vouliez plus rentrer du tout. »

---

1. **Cognée** : hache.

Mais le père se réjouit, car il avait du chagrin de les avoir laissés ainsi tout seuls.

Les frères Grimm, « Jeannot et Margot » dans *Contes* [1812], trad. de l'allemand par M. Robert, Gallimard, « Folio classique », 1976.

## Achille Millien et Georges Delarue, « Les Enfants égarés »

**Achille Millien (1838-1927), homme de lettres, a entrepris à partir de 1877 la collecte des contes et chansons populaires du Nivernais. Vers 1940, Georges Delarue, passionné par le folklore, se plonge dans les manuscrits d'Achille Millien, et poursuit son travail. Dans le conte « Les Enfants égarés », une mère abandonne deux de ses enfants dans les bois. La nuit tombée, les deux enfants trouvent refuge dans une maison. Mais la femme qui les accueille les met en garde : quand son mari rentrera, il voudra les manger. Elle accepte toutefois de cacher les enfants chez elle. C'est alors que l'ogre arrive…**

« Ça sent la viande fraîche ici ! Il faut que tu me dises ce qu'il y a, sinon je te tue.

– Ah ! mon ami, ce sont deux enfants égarés qui m'ont demandé à coucher pour cette nuit. Si seulement tu voulais ne pas leur faire de mal !

– Va les chercher où tu les as mis. »

La femme y alla. Quand ils furent arrivés, l'ogre leur fit à chacun une bague avec de la paille. Ensuite il dit à sa femme :

« Allume le four. Quand il sera chaud et qu'ils seront endormis, je les jetterai dedans. »

L'ogre avait aussi deux enfants qui portaient des bagues d'or. Il fit coucher les deux enfants égarés dans la même chambre que les siens. Mais ils avaient tout entendu et ne s'endormirent pas. Quand ils virent que ceux de l'ogre dormaient, ils prirent leurs bagues et mirent les leurs à la place. Ensuite ils les mirent dans leur lit et les deux enfants égarés se couchèrent à la place de ceux de l'ogre.

Quand l'ogre vit que le four était chaud, il alla prendre les enfants pour les faire cuire, mais il prit les siens *en place* des autres. Voyant qu'ils portaient une bague de paille, il croyait ne pas se tromper. Il les jette dans le four. Sitôt que les enfants eurent senti la chaleur, ils se mirent à crier de toutes leurs forces :

« Papa, maman, je brûle, je brûle !

– Brûle, dit l'ogre, tu n'es pas des miens ! »

L'ogre et sa femme partirent à une noce.

Quand ils virent qu'il n'y avait plus qu'eux, les enfants égarés se chargèrent d'or et d'argent et partirent.

Quand l'ogre fut revenu à la maison et qu'il vit qui il avait fait brûler, il entra dans une grande colère.

« Il faut que je trouve ces enfants et je les mangerai. »

Il monte sur une garelle[1]. Tout le long du chemin, il disait :

*« Trotte, trotte, ma grande garelle,*
*Si nous les trouvons, nous les croquerons. »*

« Les Enfants égarés » dans *Récits et contes populaires du Nivernais*, réunis par Achille Millien et Georges Delarue, Gallimard, 1978.

## Birago Diop, « Samba-de-la-Nuit »

**Birago Diop (1906-1989), écrivain sénégalais, a transcrit en français des contes issus de la tradition orale africaine. Dans « Samba-de-la-Nuit », il met en scène un petit garçon haut comme trois pommes qui rappelle par sa ruse et son intelligence le personnage du petit Poucet. Dans l'extrait suivant, Samba-de-la-Nuit accompagne ses sept frères qui s'apprêtent à épouser les sept filles d'une vieille femme mystérieuse…**

1. **Garelle** : créature monstrueuse, moitié femme, moitié louve.

Vint l'heure d'aller se coucher. La vieille femme ordonna à ses filles d'aller rejoindre, chacune, celui qu'elle avait choisi comme fiancé. Et Samba-de-la-Nuit, de son côté, dit à ses frères de changer de vêtements et de prendre place au lit, chacun avec celle qui l'aura choisi.

« Et toi ? dit la vieille femme à Samba-de-la-Nuit, où vas-tu coucher ?

– Moi, Grand-mère, je coucherai dans ton lit, si tu le veux bien, comme cela se doit et comme tout petit enfant doit le faire. »

Et les jeunes gens et les jeunes filles s'en allèrent se coucher dans la grande, dans l'immense case.

Longtemps après, la vieille femme et Samba-de-la-Nuit s'en allèrent aussi se coucher dans la case qui était la plus proche de ce qui avait dû être la brousse et les champs qui n'existaient plus car même les chaumes du grain de mil rouge semé avant le crépuscule avaient disparu.

La vieille ronflait et Samba-de-la-Nuit ronflait encore plus fort.

La vieille femme se leva doucement, tout doucement et s'en fut derrière la case. Et un bruit s'éleva : crass ! crass !!! Samba-de-la-Nuit se leva aussi et, s'approchant de la vieille femme que regardait la lune curieuse, demanda :

*Mame Daffane !*
*Lô di dass ?*

*(Grand-mère affectueuse*
*Qu'affûtes-tu donc ?)*

La vieille femme était en train d'aiguiser un couteau long de trois coudées.

« Ce n'est que ce coutelas pour égorger le taureau que je servirai à déjeuner à mes hôtes ! Viens ! allons nous coucher. »

Et ils s'en furent se coucher. [...]

Samba-de-la-Nuit dormait – ou faisait semblant de dormir –, et la vieille femme, son coutelas aiguisé s'en était allée dans la grande case et avait coupé le cou à tout ce qui gisait du côté gauche sur les lits et était vêtu de pagnes[1].

Elle s'en revint et s'endormit des fatigues d'une si longue et rude journée.

La terre était froide, le premier coq n'avait pas encore chanté. Samba-de-la-Nuit alla réveiller ses frères auprès desquels gisaient, têtes coupées, les filles de la vieille femme. Il les fit sortir de la grande case, des terres arides où séchaient les tiges de cotonniers, après avoir arraché, sans qu'elle fît un mouvement, le pagne de la vieille femme.

Et le premier coq chanta.

Samba-de-la-Nuit et ses frères étaient loin, loin vers le Grand Fleuve quand la vieille femme découvrit, sur les lits, ses sept filles avec les têtes coupées. Son rugissement s'entend encore les soirs d'orage ! Elle s'en fut sur les traces de Samba-de-la-Nuit et de ses frères.

*Et tout tourbillonnait*
*Et tout brûlait sur son passage*
*Et tout tremblait*
*Et tout frémissait !*
*Et la vieille femme marchait, courait, volait.*
*Et tout tremblait*
*Et tout frémissait*
*Et tout brûlait sur son passage*
*Et tout tourbillonnait !!!*

Birago Diop, « Samba-de-la-Nuit » dans *Les Nouveaux Contes d'Amadou Koumba* [1958], Éditions Présence africaine, 2000.

## Michel Tournier, « La Fugue du petit Poucet »

**Dans « La Fugue du petit Poucet », Michel Tournier (né en 1924) donne une nouvelle actualité au conte de Perrault en situant l'action de son texte au XXe siècle. Pierre Poucet a quitté son domicile pour**

---

1. **Pagnes** : vêtements faits d'un morceau de tissu, que l'on enroule autour des hanches.

**gagner la forêt de Rambouillet. Là, il a rencontré sept fillettes, qui l'ont conduit chez elles pour lui présenter leur père, nommé Logre.**

Logre s'est levé, et il regarde Pierre. Comme il est grand ! Un vrai géant des bois ! Mais un géant mince, flexible[1], où tout n'est que douceur, ses longs cheveux blonds serrés par un lacet qui lui barre le front, sa barbe dorée, annelée[2], soyeuse, ses yeux bleus et tendres, ses vêtements de peau couleur de miel auxquels se mêlent des bijoux d'argent ciselés, des chaînes, des colliers, trois ceinturons dont les boucles se superposent, et surtout, ah ! surtout, ses bottes, de hautes bottes molles de daim fauve qui lui montent jusqu'aux genoux, elles aussi couvertes de gourmettes, d'anneaux, de médailles.

Pierre est saisi d'admiration. Il ne sait quoi dire, il ne sait plus ce qu'il dit. Il dit :

« Vous êtes beau comme... »

Logre sourit. Il sourit de toutes ses dents blanches, mais aussi de tous ses colliers, de son gilet brodé, de sa culotte de chasseur, de sa chemise de soie, et surtout, ah ! surtout de ses hautes bottes.

« Beau comme quoi ? » insiste-t-il.

Affolé, Pierre cherche un mot, le mot qui exprimera le mieux sa surprise, son émerveillement.

« Vous êtes beau comme une femme ! » finit-il par articuler dans un souffle.

Le rire des petites filles éclate, et aussi le rire de Logre, et finalement le rire de Pierre, heureux de se fondre ainsi dans la famille.

« Allons manger », dit Logre.

Quelle bousculade autour de la table, car toutes les filles veulent être à côté de Pierre !

« Aujourd'hui, c'est Sabine et Carine qui servent », rappelle Logre avec douceur.

---

1. **Flexible** : souple.
2. **Annelée** : bouclée.

À part les carottes râpées, Pierre ne reconnaît aucun des plats que les deux sœurs posent sur la table et dans lesquels tout le monde se met aussitôt à puiser librement. On lui nomme la purée d'ail, le riz complet, les radis noirs, le sucre de raisin, le confit de plancton[1], le soja grillé, le rutabaga[2] bouilli, et d'autres merveilles qu'il absorbe les yeux fermés en les arrosant de lait cru et de sirop d'érable. De confiance, il trouve tout délicieux.

Michel Tournier, « La Fugue du petit Poucet » dans *Le Coq de bruyère* [1978], Gallimard, « Folio », 1980.

## Gotlib, *La Rubrique-à-brac*

**Marcel Gotlieb, dit Gotlib, est né en 1934 à Paris, et s'est très tôt illustré dans la bande dessinée. Il a participé à plusieurs revues, et son œuvre a été consacrée par le Grand Prix d'Angoulême en 1991. Dans les vignettes suivantes, il représente avec l'humour qui caractérise ses bandes dessinées la scène de l'abandon du petit Poucet et de ses frères.**

*La Rubrique-à-brac* © 1971 Gotlib-Dargaud.

1. **Plancton** : animal marin de taille microscopique.
2. **Rutabaga** : racine pouvant se manger comme légume.

# Histoires de métamorphoses

## Ovide, *Les Métamorphoses*

**Ovide (43 av. J.-C.-17 ap. J.-C.) est un poète latin. Dans *Les Métamorphoses*, il décrit la naissance du monde gréco-romain, en s'inspirant de la mythologie antique. Dans ce passage du livre I, le dieu Apollon, fou d'amour, poursuit la belle nymphe Daphné, qui cherche à tout prix à lui échapper.**

La fuite embellissait la jeune nymphe[1] : la brise légère faisait voler ses cheveux, soulevait ses vêtements en un mouvement délicat et laissait entrevoir sa peau nue. Apollon, fou d'amour, la poursuit encore et toujours : tel un chien qui dans un champ moissonné aperçoit un lièvre et le poursuit sans trêve. […] Tels sont Apollon et la nymphe, dans leur course éperdue, lui poussé par l'espoir de la rejoindre, elle par celui de lui échapper.

Mais le dieu infatigable gagne du terrain. La malheureuse, toute pâle, ralentit, épuisée par cette course effrénée ; elle sent maintenant l'haleine brûlante du dieu sur sa nuque où flottent ses longs cheveux, lorsque soudain, devant elle, les arbres s'écartent et elle aperçoit le dieu son père. Elle tourne alors ses yeux suppliants vers lui et lui fait cette prière :

« Ô mon père, aide-moi ; si les fleuves comme toi[2] ont un pouvoir divin, délivre-moi, par une métamorphose, de cette beauté qui fait mon malheur. »

À peine sa prière achevée, elle sent une lourde torpeur[3] gagner ses membres ; sa délicate poitrine est enveloppée d'une mince écorce ; ses cheveux s'allongent et se changent en feuillage, ses bras en rameaux, son pied qui était tout à l'heure si rapide est retenu au sol par de solides racines ; son visage

---

1. **Nymphe** : dans la mythologie antique, divinité vivant dans les bois et les eaux.
2. Le père de Daphné est le fleuve Pénée.
3. **Torpeur** : engourdissement.

disparaît dans la frondaison[1]. Seul subsiste en elle l'éclat de sa beauté.

Mais, même ainsi, Apollon l'aime toujours. Il pose sa main sur le tronc de l'arbre et sent le cœur de Daphné qui continue de palpiter sous l'écorce toute nouvelle. Il entoure l'arbre de ses bras et couvre le bois de baisers; mais ses baisers sont repoussés. Le roi dit alors à Daphné :

« Ô la plus belle des jeunes filles, te voilà perdue pour moi; puisque tu ne peux être mon épouse, tu seras mon arbre. Ô laurier, à tout jamais, tu orneras de tes feuilles ma chevelure, et celle des vainqueurs; à tout jamais, tu orneras ma lyre[2] et mon carquois[3]. »

À ce moment, le laurier inclina ses branches neuves et le dieu vit l'arbre agiter sa cime comme en signe d'acquiescement.

Ovide, *Les Métamorphoses* [Ier siècle ap. J.-C.],
trad. du latin par H. Potelet, Hatier, 2005.

## Mme Leprince de Beaumont, *La Belle et la Bête*

**Mme Leprince de Beaumont (1711-1780) a écrit de nombreux contes qui sont devenus des classiques de la littérature de jeunesse. Dans *La Belle et la Bête*, une jeune femme accepte de rester à jamais prisonnière d'une créature monstrueuse, afin de sauver la vie de son père. Un jour, la Bête permet à la Belle de rendre visite à son père malade, à condition qu'elle rentre au bout de huit jours. Si elle tarde, la Bête en mourra de douleur. Or, la Belle ne revient que le dixième jour…**

Elle trouva la pauvre Bête étendue, sans connaissance et crut qu'elle était morte. Elle se jeta sur son corps sans avoir

1. **Frondaison** : feuillage.
2. **Lyre** : instrument de musique à cordes.
3. **Carquois** : étui à flèches.

horreur de sa figure et, sentant que son cœur battait encore, elle prit de l'eau dans le canal et lui en jeta sur la tête. La Bête ouvrit les yeux et dit à la Belle :

« Vous avez oublié votre promesse ! Le chagrin de vous avoir perdue m'a fait résoudre à me laisser mourir de faim ; mais je meurs content puisque j'ai le plaisir de vous revoir encore une fois.

– Non, ma chère Bête, vous ne mourrez point ! lui dit la Belle. Vous vivrez pour devenir mon époux. Dès ce moment, je vous donne ma main et je jure que je ne serai qu'à vous. Hélas ! je croyais n'avoir que de l'amitié pour vous, mais la douleur que je sens me fait voir que je ne pourrais vivre sans vous voir. »

À peine la Belle eut-elle prononcé ces paroles qu'elle vit le château brillant de lumières. Les feux d'artifice, la musique, tout lui annonçait une fête ; mais toutes ces beautés n'arrêtèrent point sa vue. Elle se retourna vers sa chère Bête dont l'état faisait frémir. Quelle ne fut pas sa surprise ? La Bête avait disparu, et elle ne vit plus à ses pieds qu'un prince plus beau que l'Amour, qui la remerciait d'avoir rompu son enchantement.

Quoique ce prince méritât toute son attention, elle ne put s'empêcher de lui demander où était la Bête.

« Vous la voyez à vos pieds, lui dit le prince. Une méchante fée m'avait condamné à rester sous cette figure jusqu'à ce qu'une belle fille consentît à m'épouser, et elle m'avait défendu de faire paraître mon esprit. Ainsi il n'y avait que vous dans le monde pour vous laisser toucher par la bonté de mon caractère : en vous offrant ma couronne, je ne puis m'acquitter des obligations que j'ai pour vous. »

Mme Leprince de Beaumont, *La Belle et la Bête* [1757],
Gallimard Jeunesse, « Folio cadet », 2002.

## Hans Christian Andersen, « La Petite Sirène »

**Hans Christian Andersen (1805-1875) a écrit de nombreux contes merveilleux. Dans « La Petite Sirène », le conteur danois raconte l'histoire d'une ravissante sirène, tombée amoureuse d'un prince. Afin de pouvoir l'approcher, elle demande à une sorcière de lui donner une potion qui la rendra humaine. La sorcière accepte mais exige en échange la voix de la jeune fille. Dans l'extrait suivant, la petite sirène quitte le monde sous-marin pour le monde terrestre.**

Elle aperçut le château de son père ; les lumières de la grande salle de danse étaient éteintes ; tout le monde dormait, sans doute, mais elle n'osa pourtant pas aller les voir, maintenant qu'elle était muette et qu'elle voulait les quitter pour toujours. Il lui semblait que son cœur se brisait de chagrin. Elle se glissa dans le jardin, cueillit une fleur du parterre de chacune de ses sœurs, envoya du bout des doigts mille baisers au château, et monta à travers la mer bleu sombre.

Le soleil ne s'était pas encore levé lorsqu'elle vit le château du prince et qu'elle gravit le splendide escalier de marbre. Il y avait un beau clair de lune. La petite sirène but le breuvage brûlant au goût âcre, et ce fut comme si une épée à double tranchant traversait son corps délicat ; elle s'évanouit et resta comme morte.

Quand le soleil brilla sur la mer, elle se réveilla, et elle sentit une douleur cuisante, mais, debout devant elle, se tenait le charmant jeune prince, il la fixait de ses yeux noirs comme jais[1], si bien qu'elle baissa les siens et vit que sa queue de poisson avait disparu, et qu'elle avait les plus jolies jambes blanches qu'une jeune fille pouvait avoir, mais elle était entièrement nue ; c'est pourquoi elle s'enveloppa dans sa longue chevelure. Le prince lui demanda qui elle était et comment elle était arrivée là, et elle le regarda d'un air doux et pourtant si triste avec ses yeux bleu foncé, car, bien sûr, elle ne pouvait pas parler. Il

1. **Jais** : pierre noire brillante.

la prit alors par la main et la conduisit au château. À chaque pas qu'elle faisait, elle avait l'impression de marcher sur des aiguilles pointues et des couteaux aiguisés, comme la sorcière l'en avait avertie, mais elle supporta cela volontiers; sa main dans celle du prince, elle monta, légère comme une bulle, et il s'étonna avec tous les autres de voir sa démarche gracieuse et souple.

Hans Christian Andersen, « La Petite Sirène » dans *Contes* [1835], trad. du danois par M. Auchet, Librairie générale française, « Le livre de poche classique », 2003.

## Marcel Aymé, « L'Âne et le Cheval »

**Les contes de Marcel Aymé (1902-1967) mêlent réalité et fantastique pour créer une atmosphère poétique teintée d'humour. Dans *Les Contes bleus du chat perché*, il raconte les aventures de deux sœurs, Delphine et Marinette. Un soir, les deux fillettes se confient leurs souhaits : Marinette voudrait être un cheval blanc, Delphine un âne gris. À leur réveil, une surprise les attend…**

De grand matin, Marinette entrouvrit les yeux et il lui sembla qu'entre ses cils elle apercevait dans le lit de sa sœur deux grandes oreilles poilues qui bougeaient sur l'oreiller. Elle-même se sentait assez mal couchée, comme embarrassée de sa personne, empêtrée dans les draps et les couvertures. Néanmoins, le sommeil l'emporta sur la curiosité, et ses paupières se refermèrent. Delphine, tout ensommeillée elle aussi, jeta sur le lit de sa sœur un coup d'œil rapide. Elle le trouva bien volumineux, étrangement ballonné, et se rendormit néanmoins. Un instant plus tard, elles s'éveillaient pour de bon et louchaient sur le bas de leurs figures qui leur paraissaient s'être allongées et avoir changé d'aspect. En tournant la tête vers le lit de Marinette, Delphine poussa un cri. Au lieu de la tête blonde qu'elle croyait voir sur l'oreiller, il y avait une tête de cheval. De son côté, Marinette ne fut pas moins surprise d'avoir une face d'âne en vis-à-vis et poussa également un cri.

Les deux pauvres sœurs, roulant de gros yeux, tendaient le cou hors de leurs lits pour se regarder de plus près et avaient peine à comprendre ce qui leur était arrivé. Chacune se demandait où avait bien pu passer sa sœur et pourquoi une bête avait pris place dans son lit. Marinette avait presque envie d'en rire, mais s'étant elle-même examinée, elle vit son poitrail, ses membres poilus munis de sabots et comprit que les vœux de la veille s'étaient réalisés. Delphine regardait aussi son poil gris, ses sabots, l'ombre de ses longues oreilles sur le drap blanc, et la vérité lui apparut. Elle poussa un soupir qui fit un grand bruit en passant sur ses lèvres molles.

« C'est toi Marinette ? demanda-t-elle à sa sœur avec une voix tremblante qu'elle ne reconnaissait plus.

– Oui, répondit Marinette. C'est toi, Delphine ? »

Marcel Aymé, « L'Âne et le Cheval » dans *Les Contes bleus du chat perché* [1937], Gallimard Jeunesse, « Folio junior », 1997.

## Henri Gougaud, « La Puce »

**Né en 1936, Henri Gougaud trouve son inspiration dans les contes et légendes du monde entier. Dans « La Puce », il raconte l'histoire de Lucy Quimby, une femme un peu sorcière qui est capable de se transformer en l'animal de son choix. Après dix années de mariage, Lucy a l'impression que Joseph, son mari, s'éloigne d'elle. Un soir, ce dernier lui annonce qu'il compte s'absenter pour le week-end.**

Alors Lucy, le premier moment de désespoir passé, décida fièrement de le suivre. Non point pour l'espionner, Dieu l'en garde ! La sainte femme voulait simplement, tout simplement regarder vivre son époux hors du foyer et apprendre ainsi à mieux le connaître pour l'aimer mieux et le rendre heureux, enfin, s'il était encore temps. Mais comment l'accompagner partout sans être vue ? Comment ? Parbleu ! Elle prononça la formule magique et aussitôt se transforma en puce, en puce minuscule. Et pour être sûre de tout voir, de tout entendre à l'aise, juste au moment où Joseph franchissait la porte de leur petite villa, elle bondit, se posa à l'ombre du lobe de son oreille droite et attendit.

Joseph Quimby n'alla pas très loin. À quelques centaines de mètres de chez lui, il s'arrêta devant la maison de Virginie Stone. « Ainsi, se dit tristement la petite puce, Virginie est l'heureuse élue. » C'était une vieille amie de Lucy. Elle était belle mais très médisante. Une vraie langue de vipère. Une splendide chipie. Joseph entra chez elle. Elle l'accueillit avec passion. Il parut gêné par ses débordements amoureux. « Mon pauvre mari n'a pas l'air dans son assiette, se dit la puce, à l'ombre de l'oreille. Assurément, Virginie Stone n'est pas une femme pour lui. Elle est trop passionnée, trop possessive. » Il s'assit tout raide sur le bord d'un fauteuil en face de sa vampirique maîtresse, s'humecta les lèvres et dit assez solennellement :

« Ma chère Virginie, j'ai mûrement réfléchi. Nous avons vécu ensemble une agréable aventure mais pour parler honnêtement je ne suis pas amoureux de toi. J'ai décidé de ne plus te revoir et de consacrer ma vie, désormais, à faire le bonheur de ma femme. Lucy est une admirable épouse, j'ai honte de l'avoir trompée, j'espère qu'elle me pardonnera. Je veux passer ce week-end tout seul, à me refaire, pour elle, un cœur tout neuf. Virginie, je te souhaite d'être heureuse avec un homme digne de toi. »

La petite puce écouta ces mots avec une émotion considérable. Elle pleura de joie si fort que ses larmes inondèrent quelques pores derrière l'oreille de son cher Joseph. Virginie Stone, évidemment, réagit de manière en tous points contraire. Quand Joseph Quimby se leva pour prendre congé, elle l'agonit d'injures. Il demeura de marbre. « Tu ne peux rien contre notre bonheur, lui cria la petite puce à voix microscopique, gambadant follement sur la joue de son mari, tu ne peux rien contre notre bonheur ! »

Hélas, elle se trompait. À bout d'arguments, Virginie Stone gratifia son ex-amant d'une gifle vengeresse, une de ces gifles qui vous impriment pour plusieurs heures le parfait dessin de cinq doigts et d'une paume, en rouge profond, sur la joue. Joseph Quimby, stupéfait, caressa machinalement de l'index sa face durement outragée et la trouva légèrement humide. Il regarda le bout de son doigt et vit un relief de bestiole écrasée. Il se demanda stupidement où il avait bien pu attraper des puces et, complètement sonné, sortit en bredouillant :

« Adieu, Lucy. »

Ce n'était pas un simple lapsus.

Henri Gougaud, « La Puce » dans *Départements et territoires d'outre-mort* [1977], Éditions du Seuil, « Points », 2000.

## J. K. Rowling, *Harry Potter et la chambre des secrets*

**J. K. Rowling, née en 1965, est une romancière britannique mondialement connue pour sa série *Harry Potter*, qui met en scène les aventures d'un jeune sorcier. Dans *Harry Potter et la chambre des secrets*, Harry et ses amis, Ron et Hermione, essaient de découvrir l'identité de l'héritier de Serpentard. Ils doivent pour cela interroger Drago, leur ennemi juré. Pour parvenir à leur fin, ils décident de boire du polynectar, une potion magique qui leur permettra de se métamorphoser en Crabbe, Goyle et Bulstrode, les complices de Drago.**

Harry se pinça le nez et avala la potion en deux longues gorgées. Elle avait un goût de chou trop cuit.

Il sentit aussitôt ses entrailles se tortiller comme s'il avait avalé des serpents vivants. Plié en deux, il se demanda s'il n'allait pas vomir. Puis, très vite, une sensation de brûlure se répandit dans tout son corps, depuis son ventre jusqu'à l'extrémité de ses doigts et de ses orteils. Enfin, il eut l'horrible impression de fondre comme du métal en fusion. La douleur le fit tomber par terre, pantelant, et il vit soudain ses mains grandir, ses doigts s'épaissir, ses ongles s'élargir et ses jointures saillir sous sa peau. Ses épaules s'étirèrent douloureusement et une démangeaison lui indiqua que des cheveux poussaient sur son front. Sa poitrine augmenta de volume en déchirant sa robe, comme un tonneau qui aurait éclaté, et ses pieds devenus quatre fois trop grands pour ses chaussures subirent un véritable supplice.

Puis, tout aussi brusquement, la métamorphose prit fin. [...] Il se débarrassa avec difficulté de ses chaussures trop petites et se releva. Voilà donc ce qu'on ressentait, quand on était Goyle... D'une grosse main un peu tremblante, il ôta sa robe, qui lui arrivait maintenant bien au-dessus des chevilles, et revêtit celle qu'Hermione lui avait donnée. Il enfila ensuite les grosses chaussures de Goyle, puis passa la main dans ses cheveux coupés court qui descendaient à présent très bas sur son front. Il se rendit compte alors que ses lunettes brouillaient sa vue : Goyle n'en avait pas besoin.

J. K. Rowling, *Harry Potter et la chambre des secrets* [1998], trad. de l'anglais par J.-F. Ménard, Gallimard Jeunesse, « Folio junior », 2007.

# Autour de l'œuvre

## Interview imaginaire de Charles Perrault

**▶▶| *Votre formation intellectuelle est assez originale. Pouvez-vous nous raconter cet épisode de votre vie ?***

Fils d'une famille bourgeoise, j'ai fait mes études au collège Beauvais à Paris. Mais, en 1643, à la suite d'une querelle en classe avec mon professeur de philosophie, j'ai décidé de ne plus retourner au collège et d'étudier librement, en autodidacte. Je me suis alors plongé dans la lecture de la Bible, dans les textes des auteurs de l'Antiquité, dans l'Histoire de France. À cette époque, j'ai traduit le sixième livre de l'*Énéide* de Virgile et ai parodié cette épopée antique en employant un ton comique. Cette entreprise marque mon entrée en littérature.

**Charles Perrault (1628-1703)**

### *Vous avez ensuite effectué une brillante carrière politique...*

Après avoir obtenu ma licence de droit, j'ai commencé une carrière d'avocat en 1651, mais je me suis vite lassé de traîner ma robe dans le Palais de justice. J'ai donc travaillé comme commis au service de mon frère, qui était receveur général des finances. En 1663, je suis devenu le bras droit de Colbert, qui m'a confié la charge de la politique artistique et littéraire de Louis XIV en tant que secrétaire de la Petite Académie, puis, cinq ans plus tard, en tant que contrôleur général des Bâtiments du roi. En 1671, j'ai été admis à l'Académie française. J'en suis devenu le directeur en 1681, ce qui a augmenté encore mon influence politique. Sans vouloir me vanter, je pense avoir joué un rôle non négligeable dans l'entreprise de glorification du roi Louis XIV. Mais cette période de succès s'est achevée en 1683, à la mort de Colbert : j'ai alors connu la disgrâce, et j'ai perdu toutes mes charges et mes pensions, ce qui m'a décidé à me consacrer à l'éducation de mes enfants.

### *C'est à partir de ce moment que vous vous êtes vraiment fait connaître en tant qu'écrivain, notamment avec votre poème* Le Siècle de Louis le Grand *qui a lancé la querelle des Anciens et des Modernes.*

Effectivement, ce poème m'a propulsé à la tête du camp des Modernes, car j'y affirmais la supériorité des auteurs contemporains sur les auteurs antiques. Ce débat m'a fortement opposé aux auteurs de mon époque, appartenant en majorité au camp des Anciens, comme Racine, La Fontaine, Molière, et surtout Boileau, qui m'a vivement critiqué. Comme ce thème m'a beaucoup intéressé, j'ai continué à écrire dessus, et j'ai publié un essai intitulé *Parallèle des Anciens et des Modernes*. Après des années de polémique, je me suis finalement réconcilié avec Boileau en 1694.

### *C'est dans ce contexte que vous commencez à écrire vos premiers contes ?*

Tout à fait, j'ai publié d'abord trois contes en vers : *Grisélidis* en 1691, *Les Souhaits ridicules* en 1693, et *Peau d'Âne* en 1694. Puis, j'ai écrit un conte en prose, *La Belle au bois dormant*, en 1695. Enfin, deux ans plus tard, j'ai rassemblé plusieurs contes en prose inspirés du folklore populaire dans un recueil intitulé *Histoires ou Contes du temps passé*.

**⏭ *Ce dernier recueil de contes a tout de suite remporté un vif succès !***

En cette fin de XVII^e^ siècle, le public est particulièrement friand de contes de fées, ce qui explique en partie ce succès. Les *Histoires ou Contes du temps passé* ont même été lues dans les campagnes, par le biais de petits livres bon marché vendus par les colporteurs.

**⏭ *Quels sont désormais vos projets littéraires ?***

Je suis en train d'écrire les *Mémoires de ma vie*, afin de laisser une trace de mon existence à mes enfants.

# Contexte historique et culturel

## Le siècle du Roi-Soleil

En 1643, à la mort de Louis XIII, le jeune Louis XIV n'a que cinq ans. Sa mère Anne d'Autriche, aidée par le ministre Mazarin, assure la régence. À partir de 1661, année de la mort de Mazarin, Louis XIV gouverne seul, sans principal ministre.

Le désir de toute-puissance de celui qui s'est baptisé le Roi-Soleil s'exprime également dans la mise en œuvre d'un chantier monumental à Versailles, visant à faire du pavillon de chasse de Louis XIII le plus beau château d'Europe. En 1682, après vingt ans de travaux, le roi et sa cour s'installent au château de Versailles, qui devient alors le symbole de la monarchie absolue.

## Les artistes et le roi

Au cours de son règne, Louis XIV cherche à contrôler les productions artistiques et fait participer les artistes à son œuvre de glorification. Le Roi-Soleil développe le mécénat royal : il finance des écrivains, des peintres, des sculpteurs qui, en échange, mettent leur art à son service.

En tant que membre de l'Académie française, Perrault a participé à la politique culturelle de Louis XIV. Il a consacré une partie de son œuvre à faire l'apologie du monarque. Dans *Le Siècle de Louis le Grand* (1687), Perrault le désigne ainsi comme le plus grand roi de tous les temps.

## La querelle des Anciens et des Modernes

La publication du *Siècle de Louis le Grand* a fait date dans l'histoire littéraire du XVIIe siècle. En effet, dans ce poème qui aura la valeur de manifeste des « Modernes », Perrault affirme que le monde est en perpétuel progrès et que la culture contemporaine est donc supérieure à la culture antique, érigée pourtant comme modèle par les « Anciens ». La publication du *Parallèle des Anciens et des Modernes* (1688-1697) de Perrault attise la querelle, qui s'achève finalement en

1694. Mais le chef de file des Modernes reste fidèle à ses opinions : bien loin de la culture antique, les *Histoires ou Contes du temps passé* (1697) sont un hommage à la culture de son époque.

## Le conte, entre culture populaire et culture mondaine

Le conte appartient à la culture populaire : dans les campagnes, les familles se racontent ces histoires, oralement, notamment lors des veillées au coin du feu. Mais, à la fin du XVII^e^ siècle, la mode des contes gagne les salons mondains. Ces histoires folkloriques deviennent un divertissement littéraire. Certains écrivains s'approprient ce genre, comme Mme d'Aulnoy ou Perrault, qui mettent à l'écrit des contes de fées transmis jusque-là par la tradition orale. Le succès remporté par l'œuvre de Perrault dans les villes s'étend ensuite dans les campagnes par le biais des colporteurs. Les contes sont ainsi revenus à leur origine populaire, et ils ont continué à être largement diffusés, aussi bien à l'écrit qu'à l'oral, jusqu'à entrer dans le patrimoine littéraire français.

## Les *Contes*, reflet de la société du XVII$^{e}$ siècle

Une des caractéristiques des contes est de se dérouler à une époque indéterminée. Cependant, les *Contes* de Perrault font souvent allusion à la réalité de la société française du XVII$^{e}$ siècle. Les difficultés économiques qui ont marqué le règne de Louis XIV sont évoquées par exemple dans « Le Petit Poucet » : la famine subie par la famille du héros peut faire penser à celles qui ont eu lieu au XVII$^{e}$ siècle. Par ailleurs, l'univers des *Contes* de Perrault offre un tableau de certains métiers de l'époque : bûcheron dans « Le Petit Poucet », paysan dans « Le Chat botté », domestique dans « La Belle au bois dormant ». Ces récits rendent également compte du fonctionnement de la société d'ordres de l'Ancien Régime : les parents du petit Poucet vivent sous la dépendance d'un seigneur ; pour assurer le bien-être financier de ses proches, le petit Poucet leur achète des charges à la cour, pratique très courante à l'époque.

## Plaire et instruire

Depuis l'Antiquité, la création littéraire est déterminée par la quête d'un double objectif, hérité d'un précepte de l'écrivain latin Horace (65-8 av. J.-C.) : plaire et instruire. L'œuvre littéraire doit être capable de divertir le lecteur, tout en lui délivrant un enseignement moral.

Comme les *Fables* (1668-1694) de La Fontaine, les *Contes* de Perrault s'inscrivent dans cette perspective : chacun des récits est censé illustrer l'enseignement énoncé dans les moralités. Ainsi, « Le Petit Chaperon rouge » est un conte d'avertissement : dans la moralité, le narrateur met en garde les jeunes filles contre le danger que représentent les séducteurs. La moralité du « Petit Poucet » invite, quant à elle, le lecteur à dépasser les apparences pour apprécier toute chose à sa juste valeur : c'est en effet le petit Poucet, aussi chétif et discret soit-il, qui a apporté la fortune à sa famille.

# Repères chronologiques

| | |
|---|---|
| 1637 | Poussin, *L'Enlèvement des Sabines* (peinture). |
| **1642** | **Mort de Richelieu. Mazarin devient principal ministre.** |
| **1643** | **Mort de Louis XIII, avènement de Louis XIV. Régence de la reine mère Anne d'Autriche.** |
| 1645 | Molière, *Le Médecin volant* (théâtre). |
| **1661** | **Mort de Mazarin. Début du règne personnel de Louis XIV.** |
| **1665** | **Colbert devient contrôleur général des Finances.** |
| 1666 | Molière, *Le Médecin malgré lui* (théâtre). |
| 1668 | La Fontaine, premier recueil des *Fables* (poésie). |
| **1682** | **Le roi et la cour se fixent à Versailles.** |
| **1685** | **Révocation de l'édit de Nantes.** |
| 1686 | Lully, *Armide* (opéra). |
| 1687 | Perrault, *Le Siècle de Louis le Grand* (poésie). |
| 1688-1692 | Perrault, *Parallèle des Anciens et des Modernes* (essai). |
| 1697 | Perrault, *Histoires ou Contes du temps passé* (contes). Mme d'Aulnoy, *Contes des fées* (contes). |
| 1704 | Galland traduit *Les Mille et Une Nuits* (contes). |
| **1715** | **Mort de Louis XIV. Avènement de Louis XV. Régence du duc d'Orléans.** |
| **1722** | **Sacre de Louis XV.** |

# Les grands thèmes de l'œuvre

## *Le merveilleux*

### Des animaux extraordinaires

Comme dans les *Fables* de La Fontaine, certains personnages des *Contes* de Perrault sont des animaux doués de parole. Ainsi, le petit Chaperon rouge ne semble pas surpris de rencontrer un loup qui lui demande où elle va ; le fils du meunier ne s'étonne pas non plus d'entendre son chat prendre la parole.

Les animaux ne se contentent pas de parler, ils font aussi preuve d'intelligence. Le chat botté s'avère être un fin stratège, et il parvient à faire de son maître un prince par la mise en œuvre d'un plan extrêmement réfléchi. Quant au loup, c'est grâce à ses ruses qu'il réussit à manger le petit Chaperon rouge. Mettant son instinct de chasseur de côté, il patiente et élabore un plan qui lui permettra de manger non seulement la fillette, mais aussi sa grand-mère. Les animaux des contes sont plus malins que les humains, qu'ils manipulent à leur guise.

### Des fées et des ogres

Deux types de créatures merveilleuses apparaissent dans notre recueil : les fées et les ogres. Les fées sont des femmes qui ont le pouvoir de jeter des enchantements et d'influencer le cours des choses : elles sont le plus souvent gentilles, mais il en existe de méchantes. Dans « La Belle au bois dormant », la vie de l'héroïne est tracée le jour de son baptême par les interventions des fées : les six premières donnent à leur filleule toutes les perfections (beauté, esprit, grâce, chant, danse, musique) ; la vieille fée jette alors sa malédiction qui condamne la jeune femme à mourir en se perçant la main d'un fuseau ; la dernière fée infléchit heureusement cette triste destinée : au lieu de mourir à cause du fuseau, la Belle tombera dans un profond sommeil de cent ans, et sera réveillée par un prince. Le reste du récit n'est finalement que l'accomplissement de ces prédictions.

La « race ogresse » (p. 34, l. 235) est représentée à trois reprises dans le recueil : les ogres du « Petit Poucet » et du « Chat botté », l'ogresse de « La Belle au bois dormant ». Géant effrayant, l'ogre a toujours le rôle d'opposant dans les contes. Caractérisé par son goût prononcé pour la chair des enfants, il est le prédateur naturel de ces derniers. Ainsi dans la « La Belle au bois dormant » l'ogresse veut d'abord manger la petite Aurore puis le petit Jour ; quant au petit Poucet et ses frères, on peut dire qu'en choisissant comme refuge la maison de l'ogre, ils sont « tombés dans la gueule du loup »...

## Des objets magiques

La magie est reine dans les contes, apparaissant à travers certains objets. Les bottes de sept lieues, par exemple, ont le pouvoir de s'ajuster à la taille de celui qui les chausse, et de lui faire parcourir sept lieues (environ 28 kilomètres) en un pas. On les retrouve dans « La Belle au bois dormant » et dans « Le Petit Poucet » : dans le premier de ces contes, la bonne fée est avertie que la Belle s'est percée la main avec un fuseau par un nain qui porte des bottes de sept lieues. Cela permet au petit messager de parcourir « en un instant » (p. 28, l. 95) les 12 000 lieues (environ 48 000 kilomètres) qui séparent le château de la princesse du royaume de Mataquin. L'ogre du « Petit Poucet » se sert quant à lui de ses bottes de sept lieues pour partir à la recherche du héros et de ses frères, qui ont réussi à fuir. Mais le petit Poucet parvient à s'en emparer pendant la sieste de l'ogre, et il s'en sert alors pour jouer le rôle de messager auprès du roi, ce qui lui permet de gagner beaucoup d'argent. Finalement, c'est grâce à cette paire de bottes magiques que le petit Poucet réussit son ascension sociale.

## Des traits d'humour

Si le merveilleux est très présent dans ses contes, Perrault n'hésite pas à s'en moquer, comme pour souligner que ces histoires ne sont que pures inventions. Ainsi, dans la première moralité de « La Belle au bois dormant », le narrateur affirme qu'aucune femme n'est réellement capable de dormir aussi tranquillement que son héroïne, ce qui met en évidence le caractère invraisemblable du conte.

Au sein de ces récits, l'auteur s'amuse également à mettre à distance le caractère merveilleux des personnages en glissant quelques détails concrets, voire triviaux qui prêtent à sourire : il est un peu surprenant, en effet, d'entendre l'ogresse de « La Belle au bois dormant » préciser qu'elle veut manger le petit Jour à la Sauce-robert. De la même manière, le narrateur met en question la nature effrayante de son ogre à travers plusieurs commentaires qui le rapprochent d'un homme tout à fait banal. Après avoir parcouru la campagne pour retrouver les sept fuyards, il se repose un peu « car les bottes de sept lieues fatiguent fort leur homme » (p. 75, l. 291-292), ajoute le narrateur.

En fait, Perrault prend plaisir à rompre délibérément le charme du conte de fées pour faire rire son lecteur : au réveil de la Belle, le narrateur précise que le prince « se garda bien de lui dire qu'elle était habillée comme ma mère-grand » (p. 32, l. 206-207) pour ne pas la gêner, en revanche il ne manque pas de le signaler au lecteur…

## *Des parcours initiatiques*

### L'initiation du héros

Le conte constitue un récit d'initiation : en effet, le héros est amené à vivre une aventure jalonnée d'épreuves qui doivent lui permettre, s'ils les surmonte, de devenir adulte. Dans « Le Chat botté », le fils du meunier est arraché au monde de l'enfance par la mort de son père, qui lui a laissé un chat comme seul bien pour survivre. Or, c'est précisément ce chat qui va l'aider à trouver sa place dans le monde des adultes, en lui permettant d'épouser la fille du roi. Le petit Poucet, passe lui aussi du monde de l'enfance au monde des adultes d'une manière remarquable : alors qu'il représentait un poids pour ses parents, étant trop jeune pour gagner sa vie, il acquiert au fil du récit son autonomie, et finit par assurer lui-même la fortune de sa famille. Quant à la Belle au bois dormant, elle doit affronter l'ogresse avant de pouvoir vivre heureuse avec sa famille : ce n'est que lorsque l'affreuse reine mère disparaît que le récit prend fin et que les enfants peuvent enfin s'épanouir en tant qu'adultes. Le petit Chaperon rouge, en revanche, échoue dans les épreuves qu'elle rencontre sur son chemin : elle n'a pas les armes nécessaires pour affronter le monde des adultes, ce qui explique sa fin tragique.

## L'éducation des enfants

Les *Contes* de Perrault sont souvent classés dans la littérature pour enfants. En effet, ces récits ont une vocation pédagogique puisqu'ils délivrent une morale censée aider le jeune lecteur à bien conduire sa vie. L'histoire du petit Chaperon rouge peut ainsi être lue comme une invitation à la prudence. En outre, l'ensemble des contes offrent une vision similaire de la vie : une aventure semée d'embûches, auxquelles il est nécessaire de faire face afin d'aller de l'avant. C'est parce qu'il a eu le courage d'affronter l'ogre que le petit Poucet a pu s'emparer de ses bottes et faire fortune. Les méchants des contes (ogres, sorcières, monstres) représentent les peurs que l'enfant doit surmonter pour devenir adulte.

## Un divertissement pour tous

La lecture des contes n'est pas réservée aux enfants car le discours de l'auteur est parfois plus complexe qu'il n'y paraît. En effet, la liberté de pensée de Perrault est un peu à l'étroit dans le cadre strict des moralités, ce qui le conduit parfois à proposer deux moralités à la fin d'un conte, comme dans « Le Chat botté », et même à remettre en question le bien-fondé de la morale qu'il vient de tirer de son récit. Dans la deuxième moralité de « La Belle au bois dormant », par exemple, le narrateur conseille d'abord au lecteur de prendre son temps avant de se marier, puis il fait volte-face, expliquant qu'il n'a pas le courage de « prêcher cette morale » (p. 38, l. 354), car les femmes sont trop pressées de se marier.

Finalement, Perrault se refuse à imposer une morale au lecteur, mais il lui propose une méthode de lecture. En effet, la présence systématique de moralités à la suite des récits invite le lecteur à adopter la même démarche d'interprétation. À lui de choisir l'enseignement qui lui plaît…

# Fenêtres sur…

## Des ouvrages à lire

### Des contes d'ici et d'ailleurs

• ***Les Mille et Une Nuits*, trad. du persan par A. Galland [1704-1717], L'École des loisirs, « Classiques abrégés », 2005.**
*Déçu par l'infidélité de son épouse, le sultan Shahriar la fait exécuter, et décide de mettre à mort chaque jour la femme qu'il aura épousée la veille. Shéhérazade accepte de se marier avec le sultan pour faire cesser le massacre. Elle met au point un habile stratagème : chaque soir, elle commence une histoire, qu'elle ne termine jamais avant le lever du jour. Curieux de connaître la suite de son récit, le sultan ne peut se décider à la tuer une fois le matin venu. Ce recueil réunit de beaux contes orientaux comme « Ali Baba et les quarante voleurs », « Aladin et la lampe merveilleuse » ou « Sindbad le marin ».*

• **Les frères Grimm, *Contes* [1812], trad. de l'allemand par M. Robert, Gallimard, « Folio classique », 1976.**
*Les frères Grimm ont rassemblé des contes inédits issus de la tradition germanique, dont certains comptent désormais parmi les plus célèbres de la culture occidentale, comme « Blanche-Neige et les sept nains ». Ce recueil propose également d'autres versions de deux contes de Perrault : « Le Petit Chaperon rouge », dont la fin est moins tragique chez les frères Grimm, ou encore « Hänsel et Gretel », qui constitue une adaptation du « Petit Poucet ».*

• **Nacer Khemir, *L'Ogresse* [1975], Syros Jeunesse, 2001.**
*Traversé par la figure monstrueuse de l'ogresse, ce recueil rassemble des contes hérités de la culture tunisienne. Il est accompagné d'illustrations et de calligraphies réalisées par les sœurs de l'auteur.*

• **Pierre Gripari, *La Sorcière de la rue Mouffetard et autres contes de la rue Broca* [1980], Gallimard Jeunesse, « Folio junior », 2007.**
*Entre la rue Mouffetard et la rue Broca apparaissent des personnages étranges : une sorcière qui se cache dans un placard à balais, un géant*

*aux chaussettes rouges, une fée du robinet... Sept contes modernes qui transforment avec humour le quotidien parisien en un univers merveilleux.*

## Des récits initiatiques

• **Lewis Carroll, *Alice au pays des merveilles* [1865], trad. de l'anglais par J. Papy, Gallimard, « Folioplus classiques », 2009.**
*Alors qu'elle se promène dans la forêt, Alice rencontre un étrange lapin qui ne cesse de répéter qu'il est en retard. Intriguée, elle suit l'animal dans son terrier, et fait une chute vertigineuse. Elle arrive au pays des merveilles, étrange contrée où l'attendent de multiples aventures.*

• **Selma Lagerlöf, *Le Merveilleux Voyage de Nils Holgersson à travers la Suède* [1906-1907], Flammarion, « Castor Poche », 1998.**
*Nils Holgersson est un petit garçon suédois qui aime jouer des tours et persécuter les animaux. Il rencontre un lutin qui le punit de sa méchanceté en le rétrécissant. Au même moment, une oie de la ferme décide de suivre des oies sauvages de passage qui s'en vont vers la Laponie. Essayant de retenir l'animal, le petit Nils s'envole avec lui. C'est le début d'un grand voyage à travers la Suède.*

• **Roald Dahl, *Charlie et la chocolaterie* [1964], trad. de l'anglais par E. Gaspar, Gallimard Jeunesse, « Folio junior », 2007.**
*Charlie vit avec ses parents et ses quatre grands-parents dans des conditions très modestes. Mais un événement va changer sa vie : le petit garçon gagne à une loterie le droit de visiter la célèbre chocolaterie de Willy Wonka. Accompagné de quatre autres enfants, Charlie va vivre des aventures incroyables au sein de l'usine de M. Wonka, qui leur ménage de nombreuses surprises.*

## Des romans sur le siècle de Louis XIV

• **Annie Pietri, *Les Orangers de Versailles*, Bayard Jeunesse, « Estampille », 2000.**
*Fille d'un jardinier du château de Versailles, Marion a 14 ans. Elle est choisie pour travailler au service de la marquise de Montespan. Jeune fille talentueuse, Marion sait composer de délicats parfums. Elle connaît*

*un destin extraordinaire, déjouant un terrible complot et gagnant ainsi la confiance du roi. Un roman haletant qui plonge le lecteur au cœur du siècle de Louis XIV.*

• **Annie Jay, *À la poursuite d'Olympe* [1995], Libraire générale française, « Le livre de poche jeunesse », 2007.**
*Olympe est une jeune fille noble. Son père, ruiné, décide de l'envoyer au couvent afin de garder l'argent de sa dot. Mais Olympe n'accepte pas cette destinée : elle s'enfuit et se cache en se faisant passer pour une femme du peuple. La suite de ses aventures la conduit à Versailles, où elle va tout faire pour déjouer un complot qui vise à renverser le roi Louis XIV...*

## Des films à voir

*(Toutes les œuvres citées ci-dessous sont disponibles en DVD.)*

### Des adaptations de contes

• ***La Belle et la Bête*, Jean Cocteau, avec Jean Marais et Josette Day, noir et blanc, 1946.**
*Ce film, adapté du chef d'œuvre de Mme Leprince de Beaumont, s'inspire de gravures originales de Gustave Doré. Jean Cocteau a réussi à recréer l'atmosphère merveilleuse propre aux contes de fées. Un rêve en noir et blanc, qui ravira petits et grands.*

• ***Peau d'Âne*, Jacques Demy, avec Jean Marais, Catherine Deneuve et Delphine Seyrig, couleur, 1970.**
*Avant sa mort, la reine a fait promettre au roi de n'épouser qu'une femme plus belle qu'elle. Mais la seule femme qui surpasse sa beauté est la propre fille du roi. Ce dernier décide malgré tout de l'épouser. La princesse prend alors la fuite, en se recouvrant d'une peau d'âne. Adapté du conte en vers de Perrault, ce film musical fait désormais partie des classiques du cinéma.*

• *Les Aventures de Pinocchio*, Luigi Comencini, avec Nino Manfredi et Gina Lollobrigida, couleur, 1975.
*Ce film raconte les aventures de Pinocchio, pantin de bois devenu petit garçon. Initialement réalisées pour être diffusées à la télévision sous forme de feuilleton,* Les Aventures de Pinocchio *ont remporté un tel succès qu'une autre version, plus courte, a été commandée à Luigi Comencini afin d'exploiter le film au cinéma.*

• *Le Petit Poucet*, Olivier Dahan, avec Nils Hugon, Romane Bohringer et Samy Naceri, couleur, 2001.
*Ce film est une adaptation fidèle du texte de Perrault, même si Olivier Dahan prend quelques libertés, en inventant notamment un personnage, le soldat à la jambe de fer, interprété par Samy Naceri. Les décors sont colorés et stylisés, ce qui met en avant le caractère merveilleux du conte et souligne, par un jeu de contrastes, les différentes étapes du récit.*

**Des films d'animation oniriques**

• *Le Voyage de Chihiro*, Hayao Miyazaki, 2002.
*Lors d'un trajet en voiture, Chihiro et ses parents arrivent dans une ville fantôme. Là, les parents, de Chihiro se retrouvent métamorphosés en cochons. Pour les sauver, la petite fille part seule à la découverte d'un monde étrange où elle va devoir affronter la terrible sorcière Yubaba... Ce film a reçu à Berlin l'Ours d'or du meilleur film en 2002, une première pour un dessin animé.*

• *Azur et Asmar*, Michel Ocelot, 2006.
*Azur et Asmar ont été nourris par la même femme. Azur, blond aux yeux bleus, est le fils du châtelain; Asmar, brun aux yeux noirs, est le fils de la nourrice. Élevés comme des frères, les deux garçons sont brusquement séparés. Devenus grands, Azur et Asmar ont pourtant le même but : trouver la fée des Djinns, dont leur parlait autrefois leur nourrice. Une quête qui les mène au-delà des mers, d'aventure en aventure.*

## ♫ *Des CD à écouter*

• **Maurice Ravel, *Ma Mère l'Oye* [1912], Orchestre symphonique de Londres, dirigé par Pierre Monteux, Philips, 2001.**
*Maurice Ravel s'est inspiré des contes de Charles Perrault (« Le Petit Poucet », « La Belle au bois dormant »), de ceux de Mme Leprince de Beaumont (« La Belle et la Bête »), et de Mme d'Aulnoy (« Serpentin vert ») pour composer cette magnifique partition pour orchestre symphonique.*

• **Sergueï Prokofiev, *Pierre et le Loup* [1936], texte lu par Gérard Philipe accompagné de l'Orchestre symphonique de l'URSS, dirigé par Guennadi Rojdestvenski [1956], Le Chant du monde, 2000.**
*Pierre et son grand-père vivent dans une maison à l'orée de la forêt, en compagnie d'un chat, d'un canard et d'un oiseau. Autour de la maison, le loup rôde. Mais Pierre veille, et il va montrer au loup de quoi il est capable... Dans ce conte musical, chaque protagoniste est personnifié par un instrument de musique : le loup par les cors, Pierre par les cordes, l'oiseau par la flûte, etc. Cette histoire permet ainsi de découvrir les principaux instruments de l'orchestre de manière ludique.*

# Notes

## Dans la même collection

*14-18 Lettres d'écrivains* (anthologie) (1)

*Le Récit de Gilgamesh* (17)

Guillaume Apollinaire – *Calligrammes* (2)

Chrétien de Troyes – *Yvain ou le Chevalier au lion* (3)

Didier Daeninckx – *Meurtres pour mémoire* (4)

William Golding – *Sa Majesté des Mouches* (5)

Homère – *L'Odyssée* (14)

Victor Hugo – *Claude Gueux* (6)

Guy de Maupassant – *Histoire vraie et autres nouvelles* (7)

Prosper Mérimée – *Mateo Falcone* et *La Vénus d'Ille* (8)

Molière – *Les Fourberies de Scapin* (9)

Molière – *Le Médecin malgré lui* (13)

Edgar Allan Poe – *Trois nouvelles extraordinaires* (16)

Jules Romains – *Knock ou le Triomphe de la médecine* (10)

Antoine de Saint-Exupéry – *Lettre à un otage* (11)

Paul Verlaine – *Romances sans paroles* (12)

Cet ouvrage a été composé par Palimpseste à Paris.

Imprimé en Espagne par Novoprint (Barcelone)
Numéro d'édition : 004980-01 - Dépôt légal : février 2009